€13.90

Himmelstürmer Verlag

Justin C. Skylark

„1975 in Kiel geboren – und immer noch dort lebend – würde ich mich als einen heimatverbundenen (manchmal leider zu unflexiblen) Menschen beschreiben, mit dem man jedoch jederzeit Pferde stehlen kann, hat man erst mein Vertrauen gewonnen.
Mal himmelhoch jauchzend und dann wieder nachdenklich und melancholisch, wird mein Leben nie langweilig, und so liebe ich die einsamen Stunden zuhause ebenso, wie die abwechslungsreichen Momente mit Partner oder Freunden.
Nach dem Fachhochschulabschluss habe ich mich der Pflege von Menschen gewidmet. Das Schreiben ist, neben meinem Hauptberuf in einer Onkologischen Klinik, zum festen Lebensinhalt geworden. In meinen Büchern schwebt immer ein Teil von mir – sowohl die nachdenklichen, als auch die humorvollen Seiten. Und es macht mich glücklich, wenn ich dies weitergeben kann."
Webseite: www.jcskylark.de

Bisherige Romane:
„Liebeswut". Erschienen Frühjahr 2005 im Himmelstürmer Verlag.
Craig's little Dawn, Träume ... alles anders, Szandor`s Erbe, Panthera Pardus erschienen unter www.deadsoft.de / www.ubooks.de
Kurzgeschichten in Gay Universum 1 und 2, Himmelstürmer Verlag

Himmelstürmer Verlag, Kirchenweg 12, 20099 Hamburg
E-mail: info@himmelstuermer-verlag.de
www.himmelstuermer-verlag.de
Photo by: www. ono-ludwig.de
Umschlaggestaltung: Olaf Welling, Grafik-Designer, AGD, Hamburg
www.olafwelling.de
Originalausgabe, Februar 2006

ISBN 3-934825-57-5

Justin C. Skylark

Dein Glück hat mein Gesicht

Himmelstürmer Verlag

I.

Keine Wolke zierte den Himmel an einem der vielen Sommertage, die nun schon eine Weile andauerten. Francesca Anderson, von den meisten Francis genannt, stand an der Bushaltestelle ihrer Schule. Aufgeregt tauschte sie mit ihren Freundinnen Ruth und Lissy die Erlebnisse des Tages aus. Und dass sie endlich Schulschluss hatten, ließ ihre gute Stimmung deutlich ansteigen.

Plötzlich fuhr eine alte, amerikanische Corvette auf den Parkplatz, das Cabriodach eingeklappt. Der schwarze Lack des Wagens glänzte in der heißen Mittagssonne. Aus dem Auto stieg ein junger Mann, Anfang zwanzig. Er war groß gewachsen und gertenschlank. Seine schwarzen, länglichen Haare hingen ihm seitlich in das schmale Gesicht. Als er zu den Mädchen herüber sah, nahm er seine Sonnenbrille ab.

Lissy hatte ihn als erste gesehen. Vorsichtig stupste sie Francis an. „Hey, ich glaube, du wirst abgeholt."

Nun hatte auch Francis den jungen Mann erblickt. Verlegen griff sie nach ihrer Schultasche und lächelte. „Tatsächlich!" Sie drehte sich zu ihren Freundinnen um und verabschiedete sich.

Als sie auf die Corvette zusteuerte, fing auch der junge Mann an zu lächeln. Er begrüßte sie mit einem Kuss auf die Stirn, dann nahm er ihr die Tasche ab. Schließlich fuhren sie mit dem Auto davon.

„Mann", stöhnte Lissy. „Francis hat es wirklich gut. *Mein* Bruder holt mich nie von der Schule ab."

Neal nahm die Landstraße. Jeden Tag ärgerte er sich über den Weg zu seinem Elternhaus. Viel lieber hätte er in der Stadt gewohnt, und doch konnte er sich nicht lösen – von dem Leben auf dem Land. Der Fahrtwind durchwirbelte sein Haar und als er kurz seitlich zu seiner Schwester sah, rümpfte er die Nase.

„Du solltest nicht so kurze Röcke tragen", entwich es ihm, während er wieder stur auf die Straße blickte. Francis, die sich mittlerweile ihr langes Haar zu einem Zopf gebunden hatte, sah ihren Bruder erstaunt an.

„Wieso nicht?“

„Man sieht doch alles!“, erwiderte Neal. Es klang unzufrieden. Und während er mit der linken Hand das Steuer hielt, zog er mit der rechten an dem weichen Stoff ihres Rockes, so dass wenigstens ihre Oberschenkel bis zu den Knien bedeckt waren. Francis lächelte vergnügt.

Eine halbe Stunde später bog der schwarze Wagen auf den Hof der Andersons ein. Der Gärtner nahm Neal die Autoschlüssel ab und fuhr dann den Wagen in die Garage.

„Wie war es an Uni?“, fragte Francis neugierig, während sie mit ihrem Bruder zum Hauseingang schlenderte.

Neal zuckte mit den Schultern, als wäre es ihm völlig egal, wie es um sein Architekturstudium stand. „Ich war nicht da“, gestand er.

Die Augen seiner Schwester wurden groß. „Nein?“

Neal blieb stehen. Ein verschmitztes Lächeln machte sich auf seinem Gesicht breit.

Sollte er es ihr erzählen?

Man konnte ihm förmlich ansehen, dass er eine Neuigkeit mit sich herum trug, die er nun nicht mehr geheim halten konnte.

„Unser Demotape ist fast fertig!“ Seine Augen sprühten vor Freude. Francis kannte diese Begeisterung in seinem Gesicht, die sich stets auftat, wenn Neal von seiner Musik und seiner Band „The Drowners“ sprach.

„Oh, das freut mich!“, gab sie lauthals zu verstehen, woraufhin ihr Neal an den Arm fasste. „Nicht so laut“, bat er. „Ich möchte nicht, dass Mum erfährt, dass ich wieder nicht zur Uni war.“

Am Abend saßen sie zusammen bei feiner Gesellschaft. Stephanie und Peter, die Eltern von Neal und Francis, die das große Mode-Unternehmen Anderson Creation leiteten, hatten Gäste zu einer Grillparty eingeladen.

Hauptsächlich waren es wichtige Geschäftsleute, die eingeladen waren. Das Hauptthema des Abends war natürlich die neue Anderson Kollektion.

„Wirklich edle Stoffe, die Sie da ausgewählt haben", lobte eine Frau am Tisch. Sie war eine der begabtesten Schneiderinnen in der Modebranche und hatte sich wie letztes Jahr dazu bereit erklärt, die neue Kollektion der Firma anzufertigen.

Stephanie Anderson stimmte ihr zu. „Wir haben die meisten Stoffe aus Indien einfliegen lassen. Die Verarbeitung der Materialien ist ausgesprochen einfach und dennoch ..."

„Will noch jemand eine Wurst!?", schrie Neal plötzlich in die Runde. In gelassener Haltung stand er vor dem Grill. Er hatte das Hauspersonal weggeschickt und wendete nun gemütlich das Fleisch. Sein Gesicht schmunzelte, als er bemerkte wie seine Mutter das Gesicht verzog, fast so, als wäre ihr dieser Zwischenruf peinlich.

Momentan bestand jedoch kein Bedarf an weiterem Grillfleisch. Neal legte die Zange beiseite, um sich genüsslich eine Zigarette anzustecken, dabei konnte er im Augenwinkel erkennen, wie Stephanie ihre Tochter in das Haus schickte.

„Kann ich nicht noch einen Augenblick bleiben?", flehte Francis. Der vornehme Kreis von Leuten sagte ihr zwar nicht besonders zu, dennoch hätte sie gerne noch einen Augenblick länger auf der Terrasse gesessen. Aber Stephanie machte keine Ausnahme, und so verließ ihre Tochter die Runde und verschwand in ihrem Zimmer.

Sie lag schon im Bett, als es leise an ihrer Tür klopfte und schließlich ihr Bruder ins Zimmer sah.

„Sei nicht sauer", war das erste, was er von sich gab, dann trat er an ihr Bett. Doch Francis zog ihre Mundwinkel nach unten. Sie war ein hübsches Mädchen, mit langen braunen Haaren. Ihre Augen waren hellgrün, ihr Gesicht fein und makellos.

„Immer muss ich so früh schlafen gehen." Sie schielte auf den Wecker, der gerade 23 Uhr anzeigte. „Ich möchte auch mal länger aufbleiben."

Unzufrieden sah sie ihren Bruder an, und es klang etwas Neid in ihrer Stimme mit.

„Du darfst immer länger bleiben oder weggehen, bis zum Morgengrauen.“

Neal lächelte, dann setzte er sich zu ihr an die Bettkante.

„Du bist erst fünfzehn“, erwiderte er. Und er konnte sich zu gut erinnern, wie ihre Mutter damals reagiert hatte, als er mal länger als besprochen unterwegs gewesen war.

„Und mal ehrlich“, fügte er mit einem Augenzwinkern hinzu, „haben dich diese Schnösel da unten interessiert?“

Francis schüttelte den Kopf.

„Siehst du!” Neal knuffte ihr in die Seite. Stets schaffte er es, seine kleine Schwester von seinen Ansichten zu überzeugen. Und um sie noch ein wenig mehr aufzumuntern, schlug er folgendes vor:

„Wir könnten am Wochenende mal wieder etwas unternehmen. Kino oder Bummeln.“

„Oh, ja!” Francis fiel ihm um den Hals. Ihr Körper war warm, und Neal spürte sofort das Verlangen, sie fest an sich zu drücken. Doch er bemerkte dabei auch Unbehagen und schob sie schließlich sachte von sich.

„Nicht so stürmisch, sonst überlege ich es mir noch einmal.“

Die Geschwister sahen sich eindringlich an.

„Schlaf schön“, sagte Neal dann und hauchte einen Kuss auf ihre Stirn.

„Du auch!“ Francis legte sich auf das Kissen zurück. Lächelnd sah sie ihren Bruder an, der nun aufstand, sich sein Haar aus dem Gesicht strich und den Kopf leicht schüttelte.

„Ich gehe noch nicht schlafen. Ich werde ausgehen – bis zum Morgengrauen.“

Da griff Francis nach einem Kissen, um es ihrem Bruder an den Kopf zu werfen. Lachend verließ er das Zimmer.

Ihr Schlaf war unruhig. Als sie auf den Wecker blickte, war es schon zwei Uhr morgens. Sie drehte sich und schloss die Augen wieder, als sie plötzlich Schritte auf der Treppe hörte. Das Zimmer ihres Bruders, nebenan, wurde leise geöffnet.

Francis richtete sich verschlafen auf. Mit ihrer Hand

berührte sie die kleinen Klappen der Durchreiche, die ihr Zimmer mit dem ihres Bruders verband.

Sie öffnete die Klappen nur einen Spalt, doch das reichte völlig, um zu hören und zu sehen, was sich dort in dem Zimmer abspielte.

„Sei bloß ruhig“, zischte Neal.

„Wie soll ich ruhig bleiben, wenn du mich so ...“ Die andere männliche Stimme, die nun ertönte, war Francis fremd. Neugierig blickte sie durch den Spalt, und dann sah sie auch schon Neal, der den fremden Jungen auf das Bett schubste und sich dann das T-Shirt vom Körper riss.

„Hose runter!”, forderte er energisch. Er wirkte angespannt und ungeduldig, und der Junge tat auch sofort, was er wollte. Erwartungsvoll verfolgte Neal, wie er sich die Hose bis zu den Füßen herunterstreife und sich auf das Bett legte. Neal folgte, und ohne jegliches Vorspiel abzuwarten, drehte er den jungen Mann auf den Bauch.

Aus dem Nachtschrank fischte sich Neal eine Tube Gleitgel und ein Kondom, dann bereitete er seinen Begleiter vor, um sich kurz darauf gierig auf ihn zu legen.

Der Junge stöhnte laut, so dass Neal ihn erneut ermahnen musste. „Ruhe, habe ich gesagt.“

„Ich kann nicht anders.“ Der Fremde japste. Fest wurde er auf das Bett gedrückt. Neal nahm ihn sich schnell und fordernd.

In der Dunkelheit konnte Francis sein angestrengtes Gesicht sehen. Tiefes Atmen war zu hören. Das Bett knarrte bei seinen heftigen, rhythmischen Bewegungen.

Ihr wurde übel, als sie das alles sah. Schnell drehte sie sich von der Durchreiche weg, verkroch sich unter der Bettdecke, damit sie nichts weiteres hören musste.

„Kann ich heute Nacht hier schlafen?”, fragte der Fremde, während er sich wieder anzog. Neal schüttelte verneinend den Kopf. Er kannte diese Fragen zu gut. Fast jeder stellte sie, doch für Neal gab es stets nur eine Antwort.

„Dann schmeißt du mich jetzt also raus?“

„Kann man so sagen.“

Der Fremde schien enttäuscht. Doch bereitwillig zog er seine Jacke an.

„Na gut, dann vielleicht ... bis zum nächsten Mal."

„Es wird kein nächstes Mal geben", erwiderte Neal forsch. Er trat auf das Bett zu und riss das Laken herunter. „Hättest du nicht besser aufpassen können? Ich hasse Spermaflecken auf dem Bett." Er ballte das Laken voller Wut zusammen. Warum tat er sich das auch immer an?

„Ich konnte mich nicht zurück halten, so wie du mich ..."

„Das reicht jetzt ..." Neal deutete zur Tür, wodurch der Fremde ohne zu zögern verschwand.

Trotz der wenigen Stunden Schlaf hatte Neal den Vorfall am nächsten Morgen schon erfolgreich aus seinem Kopf verdrängt, und es war seine Mutter, die ihn bewusst an sein nächtliches Treiben erinnerte.

„Hattest du gestern noch Besuch?", fragte Stephanie Anderson am Frühstückstisch.

„Nein." Neal log ohne rot zu werden. Wie fast immer, wenn es in seiner Familie um seine homosexuelle Neigung ging, versuchte er alle Anschuldigungen abzustreiten. Selbst nach so langer Zeit seines Outings konnte er nicht normal mit seiner Mutter über die Angelegenheit reden.

„Mir war, als hörte ich Stimmen." Stephanie runzelte die Stirn, und Neal verfluchte zum wiederholten Mal, dass das Schlafzimmer seiner Eltern in derselben Etage wie seins lag. Doch seine Mutter vertiefte das Thema zum Glück nicht mehr, so dass sich Neal seufzend seiner Schwester zuwandte.

„Bist du fertig?"

Francis nickte still, und sogleich schaltete sich Stephanie wieder ein.

„Fährst du sie schon wieder zur Schule?"

Neal zuckte mit den Schultern. „Yes."

„Es fährt auch ein Schulbus", erwiderte seine Mutter, die sichtlich unzufrieden mit der Situation war, doch Neal ließ sich nicht abhalten.

„Ich fahre sie gerne. Ich muss danach sowieso zur Uni."

Er erhob sich von dem Tisch.

Zusammen mit seiner Schwester verließ er das Haus.

„Langsam muss das ein Ende nehmen", entwich es Stephanie. Da sah auch endlich ihr Mann Peter von der Zeitung auf. „Was denn?"

„Dass er sie immer zur Schule fährt. Und nicht nur das. Er holt sie auch ab, hilft ihr bei den Hausaufgaben, geht mit ihr ins Kino ..."

Peter Anderson, in einen dunkelgrauen Anzug gekleidet, schienen diese Gegebenheiten nichts auszumachen. „Ist doch schön, wenn die beiden sich so gut verstehen."

Aber Stephanie blieb nachdenklich. „Ich weiß nicht. Mir gefällt das irgendwie nicht."

Neals Freund Richard war aufgeregt. Seit Jahren spielten sie nun schon in der Band zusammen, doch so richtig hatte sich noch kein Erfolg eingestellt.

Die kleinen Auftritte hier und da, bei Schul- oder Stadtfesten, befriedigten sie längst nicht mehr.

Nun standen sie zusammen in ihrem Übungsraum - ein umgebauter Kellerraum von Richards Eltern - und starrten auf einen Haufen CD-Rohlinge.

„Ich werde das gleich zwanzig Mal kopieren", beschloss Richard. In seinen Händen hielt er ein Demotape. „Und morgen schicke ich es an alle Plattenfirmen, die es weit und breit gibt."

Neal nickte zufrieden. Er sah Richard an und spürte seit langem wieder eine unendliche Dankbarkeit. Richard hatte immer zu ihm gestanden. Er hatte sich stets eingesetzt, wenn es für die Band von Vorteil war. Die anderen Bandmitglieder machten nicht minder gute Musik, aber sie konnten nicht komponieren, nicht organisieren. Sie hatten nur das umgesetzt, was Richard und Neal ihnen vorgegeben hatten.

Und Neal wusste, wenn die Band Erfolg erfahren würde, dann wäre das einzig Richards und sein Verdienst.

„Tja, dann ist es wohl soweit", sagte Neal. Es klang melancholisch und mit seinen schlanken Fingern griff er das Demotape und sah es hoffnungsvoll an.

„Sag den anderen nichts davon."

Er grinste, was Richard sehr zufrieden stimmte.

„Du glaubst an unseren Erfolg, was?" Seine Augen leuchteten hinter der runden Brille, und Neal stimmte zu. Eins war ihm in all den Jahren klar geworden. Man musste nur an sich selbst glauben, dann wurden selbst die heimlichsten Träume wahr.

„Mach' noch zehn Kopien mehr und schicke sie ins Ausland, nach England." Er atmete tief durch. „Wir müssen es bis England schaffen. Wir müssen gleich professionell anfangen."

Es war Schulschluss und Francis schlenderte mit ihrer Freundin Ruth zur Bushaltestelle. Sie hielten inne, als sie dort erneut die Corvette sahen, an der Neal lehnte und wartete.

„Mensch, dein Bruder sieht so gut aus - hat der eigentlich eine Freundin?", wollte Ruth daraufhin wissen. Sie gingen weiter, aber Ruth ließ es sich nicht nehmen, Neal weiterhin anzustarren.

Francis hingegen war weniger überrascht, dass ihr Bruder sie wieder abholte, doch sie musste die Begeisterung ihrer Freundin auch gleich bremsen.

„Er hat nichts festes, soweit ich weiß. Aber du brauchst dir gar keine Hoffnungen machen. Wenn Neal mal mit Frauen ausgeht, dann nur für einen Abend." Sie dachte an die vielen Models der Anderson Firma, mit denen Neal irgendwelche Techtelmechtel angefangen und genauso schnell auch wieder beendet hatte.

Und irgendwie war Francis froh darüber. Ruth verzog das Gesicht vor Enttäuschung. Allein blieb sie an der Bushaltestelle zurück und sah zu, wie Francis zu ihrem Bruder in das Auto stieg und beide davon fuhren.

Wenig später saßen sie in einem Eiscafé. Neal setzte seine schwarze Sonnenbrille auf. Er fixierte seine Schwester, die planlos in ihrem Eisbecher herumstocherte.

Viel Ähnlichkeit hatten die Geschwister nicht, bis auf die dunklen Haare und die von Natur aus schlanke Figur.

Neals Augen waren blau, sein Gesicht schmal und markant. Es verlieh ihm ein verführerisches Aussehen, was er durchaus schamlos auszunutzen pflegte.

Francis hingegen war ein zierliches Mädchen mit grünen Augen und einer ruhigen, fast noch kindlichen Ausstrahlung. Sie war für ihr Alter schon groß gewachsen und keinesfalls naiv in ihrem Auftreten.

Vergnügt lächelte sie ihren Bruder an und schob ihm dann einen Löffel Eis in den Mund.

„Hallo Francesca!", rief plötzlich jemand, und Neal sah, wie ein schlaksiger Junge die Straße überquerte. Sein Aussehen war der Jahreszeit angepasst, er trug kurze Shorts und ein weites Hemd. Seine schwarzen Haare waren zu einem Zopf gebunden. Er wirkte älter als Francis. Trotzdem schienen sie sich gut zu kennen. Neals Neugier war geweckt.

Der Junge kam an ihren Tisch und umarmte Francis stürmisch.

Sie lächelte verschämt und vergaß sogar ihr Eis. „Hallo Charlie. Was machst du denn hier?"

„Etwas bummeln", erwiderte der Junge. Er lächelte zufrieden. Dann sah er Francis erwartungsvoll an. „Kommst du heute auch zur Schuldisco?"

Francis zögerte, als hätte sie sich zuvor noch keine Gedanken darüber gemacht. Und bevor sie etwas äußern konnte, mischte Neal sich ein.

„Sie wird nicht kommen", sagte er mit ruhiger Stimme, doch es klang nach einer unverrückbaren Feststellung. „Und nun zieh' Leine!" Auffordernd sah er Charlie an.

Dieser zögerte, als könne er nicht glauben, was er eben gehört hatte, bis Neal seine Forderung wiederholte: „Verschwinde, habe ich gesagt!"

Es hörte sich energisch an, und Neal erhob sich von seinem Stuhl. Er überragte den Jungen, wenn auch nicht gerade viel, und trotz seiner schlanken Figur, strahlte er eine Bedrohung aus, der Charlie unmöglich Stand halten konnte.

Neal trug noch immer seine Sonnenbrille, aber man konnte dahinter das wütende Funkeln in seinen Augen erkennen.

„Okay!“ Charlie hob resignierend die Hände. Er verabschiedete sich von Francis, dann war er verschwunden. Gelassen setzte sich Neal wieder an den Tisch.

„Du kannst mir doch nicht einfach verbieten, mich mit Freunden zu treffen!“ Francis klang erbost. Eine derartige Reaktion hatte sie bei ihrem Bruder noch nie zuvor erlebt. Doch jener blieb in seiner Meinung verbissen. „Klar kann ich dir das verbieten.“

Er sah weg und zischte: „Mum hätte dir das mit der Schuldisco sowieso nicht erlaubt.“

Er dachte an die Parties, die er zu seiner Jugendzeit besucht hatte. Er mochte sich gar nicht vorstellen, wie seine eigene Schwester derartige Feste mitmachen könnte.

„Wer war das denn überhaupt?”, fragte er neugierig.

„Ein Austauschschüler“, antwortete Francis. Sie verzog immer noch das Gesicht. Die Lust an dem Eis war ihr längst vergangen.

„Okay“, lenkte Neal dann noch ein, „falls er dich anmachen sollte, dann sagst du mir das sofort, ja?“

Sie nickte still.

In der Stadt gab es mehrere Kneipen, Clubs und Discotheken, die Neal regelmäßig besuchte. Doch es gab nur einen Club, den „Fresh-Club“, den er zu seinen nächtlichen Stamm- Aufenthaltsorten zählte. Im „Fresh-Club“ gingen homosexuelle Männer ein und aus, und dennoch war der Laden so etwas wie ein Insider Tipp. Neal kannte dort einige Leute, dort fühlte er sich sicher und unbeobachtet.

Ihm war schon vor Jahren klar geworden, dass er diese homosexuelle Neigung hatte. Und als er anfing, diese auszuleben, wurde er gleich maßlos enttäuscht. Zurück blieb ein bitterer Beigeschmack, und Neal hätte sich gerne von diesem „Laster“ befreit.

Doch sein Körper schrie förmlich nach Abenteuern. Und wenn Neal sie nicht auslebte, kamen sie in seinen Träumen.

Er spürte deutlich, dass es zwei Seiten in ihm gab. Die eine, die mit der ganzen Angelegenheit am liebsten nichts zu tun haben wollte und die andere, die es ständig darauf anlegte. Trotzdem gab sich Neal fortwährend wachsam.

Er leerte sein Glas zügig. Dann steuerte er auf die Tanzfläche zu, wo er augenblicklich zu tanzen begann. Seine enge, graue Cordhose reichte nur knapp über die Hüften, welche er affektiert zum Takt hin und her schwang. Und immer, wenn er die Arme ein wenig anhob, rutschte sein eng anliegendes T-Shirt nach oben und ließ seinen flachen, nackten Bauch zum Vorschein kommen. Er liebte es, aufzufallen und im Mittelpunkt zu stehen.

Er wusste, dass er mit dieser Leidenschaft, in Bezug auf seine Karriere als Sänger, nur Vorteile erzielen konnte. Fast arrogant tänzelte er daher über das Parkett und genoss die Blicke der anderen Männer, die ihn mit Faszination anstarrten.

Schließlich stellte er sich an den Rand der Tanzfläche und bestellte ein Bier. Er war außer Atem und doch bemerkte er, wie sich Carsten zu ihm gesellte.

„Und? Wie sieht es aus?", fragte dieser. Dabei sah er durch den Club. Wenn Neal um die Häuser zog, war Carsten, sein langjähriger Bekannter, meist an seiner Seite. „Schon eine Eroberung gemacht?"

Neal zuckte mit den Schultern. Er musste nicht nachfragen. Er wusste, was Carsten meinte. Sie beide verfolgten stets dieselben Ziele. Somit blickte auch Neal sich suchend um. „Vielleicht der da hinten." Er deutete auf einen jungen Mann mit Jeansjacke und braunen, gepflegten Haaren. Aber Carsten bremste seine Neugier sofort.

„Den kannst du vergessen", sagte er. „Der ist schon seit Jahren fest liiert, soweit ich weiß."

Neal lachte. „Ein Grund mehr, ihn zu vögeln." Es klang abgebrüht, und Neal wusste, dass er sich mit seiner oberflächlichen Art nicht nur Freunde machte.

Er nutzte die Männer aus, die etwas von ihm wollten. Er nahm sie, wenn er sie brauchte, der Rest war ihm egal. Auch Carsten wusste das, doch ihn schien das weniger zu stören. Unternehmungslustig blickte er auf seine Armbanduhr.

„Okay, es ist gleich Mitternacht", stellte er fest. „Wer bis zwei Uhr keinen hat, der hat verloren."

Neal nickte entspannt. Diese Abmachungen stachelten ihn immer wieder von neuem an.

„Um was wetten wir heute?“

Carsten verzog das Gesicht, als er an einen Wetteinsatz dachte. „Bin knapp bei Kasse“, gestand er seufzend. „Eine Packung Kondome, mehr ist nicht drin.“

„Abgemacht!“ Neal schlug ihm freundschaftlich auf die Schulter. „Dann bis später!“

Er verschwand noch schnell in den Herrentoiletten, dann wollte er die Herausforderung angehen. Es war voll im Club, und Neal sah sich schon auf der Gewinnerseite. In den Toilettenräumen war es dagegen erstaunlich leer. Neal stellte sich vor das Hängebecken und versuchte, die Angelegenheit schnell zu erledigen. Er wusste, dass besonders in Schwulenkneipen das WC der gefragteste Ort für's Anmachen war. Doch auf solche Nummern hatte er keine Lust. Er wollte sich seinen „Gutenabendfick“ in aller Ruhe aussuchen.

Doch plötzlich hörte er ein Räuspern. An der Wand lehnte ein Mann und schien ihn neugierig zu mustern. Schnell schloss Neal seine Hose.

„Was starrst du so auf meinen Schwanz?”, fragte Neal wütend.

Der Mann zuckte mit den Schultern und trat näher.

„Ist es verboten?“ Er war mindestens zehn Jahre älter als Neal. Erste Fältchen zierten sein solariumgebräuntes Gesicht. Er trug einen Seidenanzug, und ein teures Markenparfum drang Neal in die Nase.

Etwas an seiner Ausstrahlung reizte Neal auf irgendeine Art und Weise.

„Du kommst nicht von hier, stimmt's?“

„Ich bin auf Geschäftsreise“, antwortete der Mann. Man konnte erahnen, dass er irgendwo in der Welt Frau und Kinder hatte, doch nun nichts weiter suchte, als das Vergnügen mit einem jüngeren Mann.

„Du bist viel zu fein für diesen Laden“, stellte Neal fest. Mit gelassenen Schritten ging er um den Mann herum, musterte ihn von allen Seiten. Ihre Blicke trafen sich – und sie verstanden sich ohne weitere Worte.

Neal wandte sich einer der WC Kabinen zu, trat dort hinein. Der Mann zögerte nicht. Mit erfreutem Gesicht folgte er und schloss hinter sich die Tür.

Mit einem festen Griff wurde Neal nun von dem Mann an die Wand gedrückt. Neal spürte die stürmischen Küsse, denen er gekonnt auswich.

„Bitte keine Romantik, ja?“

Der Mann nickte, schien willig und schon im nächsten Moment ging er vor Neal in die Knie. Sein nächster Griff wanderte an dessen Hose. Er löste den Gürtel und umfasste Neals erigierten Penis, fing an, ihn lustvoll zu kneten.

Neal lächelte zufrieden. Er fing an zu genießen. Das hinter der Tür die anderen Männer ein und aus gingen, störte ihn nicht.

„Mann, bist du jung“, staunte der Mann, als er Neals Rücken, Hüften und schließlich auch seinen Bauch mit gierigen Händen streichelte. „Wie alt bist du? Achtzehn? Neunzehn?“

„Dreiundzwanzig“, erwiderte Neal, ohne den Mann anzusehen. Er wollte sich auf keine blöden Diskussionen einlassen, sondern nur das erleben, was er brauchte.

„Das ist immer noch jung“, sagte der Mann. Er zog Neals Unterleib an sich. Sein Mund umschloss Neals Männlichkeit. Intensiv begann er, daran zu lecken. Neal schloss genüsslich die Augen. Seine Hand drückte den Kopf des Mannes fest an sich heran.

„Ja, das machst du gut.“ Ihm entwich ein Stöhnen. Er spürte, wie der Mann nach seinen Hoden griff, diese zu massieren begann. Zudem bemerkte er die Finger des Mannes an seinem Spalt. Da zuckte Neal zurück.

„Hör auf! An meinen Arsch kommt niemand ran.“

Er stieß den Mann von sich, doch der ließ sich kaum abwimmeln. Kniend sah er zu Neal auf. „Bitte!“

Neal schüttelte energisch mit dem Kopf. Er zog den Mann wieder zu sich, und dem blieb keine andere Möglichkeit, als seinen „Blow Job“ zu beenden.

Wie ausgehungert sog er an Neals Penis, bis der sich schließlich in ihm entlud. Es zwang Neal fast in die Knie, so mächtig war sein Höhepunkt. Doch das Gefühl des Glücks währte nicht lange. Als Neal nach wenigen Sekunden die Augen wieder öffnete, und vor sich den fremden Mann erblickte, stellte sich unterschwellig der altbekannte Ekel ein.

Er schloss seine Hose, als wolle er das soeben Erlebte, ungeschehen machen.

Und als er sich der Tür zuwandte, spürte er sogleich die Hand des noch immer knienden Mannes an seinem Bein. „Warte, halt! Was ist mit mir?", fragte der entsetzt.

„Das ist mir scheißegal!", fauchte Neal, dann verließ er die WC Räume.

„Na endlich!" Carsten war sichtlich erleichtert, als Neal wieder vor seine Augen trat. „Ich habe eben erfahren, dass der Typ mit den braunen Haaren wieder solo ist. Vielleicht sollte ich es bei dem probieren?" Er schielte auf seine Armbanduhr, schien auszurechnen, wie viel Zeit ihm noch blieb, doch Neal machte ihm einen Strich durch die Rechnung, indem er seine Hand aufhielt und um drei Euro bat.

„Wofür?", fragte Carsten erstaunt, und Neal grinste fast heldenhaft.

„Ich möchte mir eine Packung Kondome kaufen."

Das gute Wetter hatte angehalten. Und wenn Neal nicht gerade unterwegs war, nutzte er den großen Garten, um sich dort auszuruhen. Ab und zu leistete seine Schwester ihm Gesellschaft, so wie auch an diesem Tag.

Neal hatte seine Akustikgitarre in der Hand und sang ein paar Zeilen seiner neusten Komposition.

„... Your imperfections are so–beautiful–I can't control–my animal soul ..."

Seine Stimme konnte unter die Haut gehen. Das war ihm bewusst. Und so wunderte er sich nicht, als seine Schwester sich seufzend umdrehte und ihn bittend ansah.

„Kannst du mir den Rücken eincremen?"

Neal nickte. Er legte seine Gitarre zur Seite und nahm die Sonnenmilch, dann fixierte er Francis' Rücken. Sie lag vor ihm auf einem Handtuch. Ein knappes Bikinihöschen zierte ihren Leib. Das Oberteil hatte sie beiseite gelegt. Großflächig rieb Neal die Sonnenmilch auf ihrem Körper ein. Seine schlanken Hände fuhren kreisend auf ihrer Haut auf und ab.

„Ist heiß heute, was?", fragte er, während er an ihre Schultern griff und sie auch dort einrieb.

„Mmh", stimmte sie zu, mehr kam nicht aus ihr heraus. Sie schien die Berührungen auf ihrem Rücken zu genießen. Das brachte ein Lächeln auf Neals Gesicht.

„Weißt du, was dich noch heißer machen würde?", fragte er mit einem neckischen Unterton. „Wenn ich dich mal so richtig ... durchkitzle!"

Ohne Vorwarnung griff er an ihre Hüften und piekste ihr in die Seiten, fing an, sie kräftig zu kitzeln. Sie schrie und wandte sich lachend um. Ihr hochgestecktes Haar löste sich unter ihren zappelnden Bewegungen. Mit ihren Händen versuchte sie, die Griffe ihres Bruders abzuwimmeln, doch es gelang ihr kaum. Beide lachten über das ganze Gesicht, als plötzlich von weitem Stephanies Stimme ertönte:

„Neal! Kommst du mal bitte?!" Sie stand am Terrassenfenster und winkte ihren Sohn energisch zu sich.

„Ja!" Neal ließ die Finger von seiner kichernden Schwester. Diese drehte sich entspannt zurück auf den Bauch, so dass ihr brauner Rücken wieder zum Vorschein kam, aber auch die Sicht auf ihre Brüste verdeckt wurde. Neal seufzte tief, dann stand er auf.

„Was ist, Mum?", fragte er neugierig, als er sich zu Stephanie auf die Terrasse gesellte. Und ihre ernste Ausstrahlung signalisierte ihm, dass sie irgendetwas unzufrieden stimmte.

„Habe ich dir nicht schon einmal gesagt, dass du Francesca nicht so anfassen sollst?"

Fing sie schon wieder damit an!, schoss es durch Neals Kopf. Er verdrehte die Augen.

„Ich habe ihr nur den Rücken eingecremt, mehr nicht. Was ist daran so schlimm?"

„Du weißt, was ich meine“, erwiderte Stephanie forsch, ohne wirklich zu erklären, was sie an der Sache störte. „Es soll kein Gerede geben. Dafür stehen wir viel zu sehr in der Öffentlichkeit.“

Neal blieb der Mund offen stehen. Meinte das seine Mutter Ernst? Sie dachte doch wohl nicht, dass ...

„Wir haben lediglich etwas Spaß zusammen“, startete er deshalb einen neuen Verteidigungsversuch. „Und wer bitteschön sollte hier in unseren Garten starren?“

Aber Stephanie blieb hart.

„Ich will nicht, dass du so viel Freizeit mit ihr verbringst. Ist das klar?“

Neal nickte still. Er wollte mit seiner Mutter nicht mehr Ärger haben, als er sowieso schon hatte.

„Ich kann es immer noch nicht glauben, dass du mich heute angesprochen hast. Ich habe schon so lange darauf gewartet. Jedes Mal bist du aber mit einem anderen weg.“

Der Junge, den Neal diesmal an der Angel hatte, war blond. So gar nicht Neals Geschmack, doch es war leer gewesen im Club. Carsten glänzte mit Abwesenheit. Es fehlte die Unterhaltung. Und so hatte sich Neal für eine schnelle Nummer bei sich zu Hause entschieden und den blonden Jungen angesprochen.

„Quatsch nicht so viel“, fuhr Neal ihn an. Es stimmte ihn jetzt schon unzufrieden, dass er erneut diesen Drang verspürte. Doch er brauchte es an diesem Abend und kam demzufolge schnell zur Sache.

Zielstrebig griff er dem Jungen zwischen die Beine, dann drückte er ihn auf das Bett.

„Umdrehen“, forderte Neal, während er seine eigene Hose öffnete.

Seine blonde Bekanntschaft drehte sich gehorsam auf den Bauch. Er hatte seine Hose schon geöffnet und bis zu den Knien herunter gelassen. Nun sah Neal auf sein entblößtes Gesäß, und sein Verlangen wurde immer größer.

Er vergaß die Gleitcreme, jegliches Vorspiel oder

sonstige Intimitäten. Nachdem er sich ein Kondom übergestrichen hatte, legte er sich auf den jungen Mann und drang gefühllos in ihn ein. Es störte ihn nicht, dass der Blonde dabei ächzte und das Gesicht verzog. Neal nahm sich, was er brauchte – schnell und heftig.

Stöhnend ließ es der Junge über sich ergehen. Er hatte damit gerechnet, dass Neal nicht zärtlich sein würde. Man sprach viel über Neal, in den Discos. Man kannte ihn und man wusste, dass er sich auf keine intensiven „Geschichten" einließ. Und dennoch wollte jeder mit ihm ins Bett.

Als Neal seinen Höhepunkt erreicht hatte, wandte er sich sogleich ab. Er schloss seine Hose und machte dabei ein ziemlich unzufriedenes Gesicht.

Der Junge hingegen lächelte. Er schloss ebenfalls seine Hose, doch sah er Neal dabei eindringlich an.

„Was glotzt du so?", fuhr es aus Neal heraus. Seine Hände zitterten, als er sich eine Zigarette ansteckte.

„Ich kann es einfach nicht glauben, dass du mich heute ausgewählt hast."

Neal zuckte mit den Schultern. „Was ist daran so besonderes? Mit jedem anderen könntest du besseren Sex haben."

Er zog an seiner Zigarette und dachte über seine Worte nach. Vielleicht taten ihm diese Männer auch Leid. Sie waren alle erwartungsvoll und er nutzte sie aus - warf sie weg wie ausgequetschte Zitronen.

Der Blonde richtete sich auf. Er schien dennoch weniger enttäuscht.

„Sie wollen dich trotzdem alle", sagte er, dabei richtete er seine Kleidung. Und schließlich schlich sich ein hinterhältiges Lächeln auf sein Gesicht. Neugierig kam er näher.

„Stimmt es eigentlich, was die anderen sagen? Dass du dich selbst nie ficken lässt?"

„Das geht dich verdammt noch mal nichts an!" Neal deutete zur Tür. Die Angelegenheit stieg ihm schon wieder zu Kopf. „Geh', ich will schlafen."

Der Junge nickte, doch bevor er das Zimmer verließ, drehte er sich noch einmal um.

„Bei mir wirst du wohl auch keine Ausnahme machen, oder?“

Neal schüttelte energisch den Kopf. „Einmal oder keinmal.“

Der Junge verstand und ging.

Und Neal spürte eine enorme Erleichterung, als er die Haustür ins Schloss fallen hörte. Er öffnete das Fenster, um die kühle, frische Luft einzuatmen.

Erneut musste er darüber nachdenken, was es für einen Sinn ergab, dass all diese fremden Männern ihm zu Füßen lagen. War es gut oder schlecht? Warum ließen sie sich so erniedrigen, und warum nutzte er es ständig aus? Und wieder fand Neal keine Antwort.

Ein leises Schluchzen unterbrach stattdessen die Stille. Neal stutzte. Er ließ seine Zigarette aus dem Fenster fallen, dann eilte er zielstrebig zu der Durchreiche in der Zimmerwand und öffnete sie weit, blickte in das verheulte Gesicht seiner Schwester.

„Was machst du da?”, rief er fassungslos. „Wie lange sitzt du da schon?“

Francis antwortete nicht. Sie schluchzte erneut. Tränen rannen über ihr feines Gesicht.

Neal knallte die Klappen der Durchreiche wieder zu, dann stürmte er aus dem Zimmer, um kurz darauf bei Francis in das Zimmer zu treten.

Betroffen setzte er sich zu ihr auf das Bett und fasste sie an den Armen.

„Warum weinst du? Was ist los?”, fragte er besorgt.

Doch Francis antwortete wieder nicht. Sie wischte nur still die Tränen von ihren Wangen.

„Hast du durch die Durchreiche geguckt?”, fragte Neal mit stockender Stimme. Er mochte sich gar nicht vorstellen, was sie alles gesehen haben könnte. „Hast du mitbekommen, was ich gemacht habe?“ Sein Griff wurde stärker, als sie noch immer nicht antwortete. „Sag schon, hast du uns beobachtet?“

Nun nickte sie still.

„Shit!“ Neal schloss die Augen. Er hatte schon geahnt,

dass sie etwas gesehen haben könnte, doch dass das tatsächlich der Realität entsprach, schockierte ihn nun umso mehr. Er merkte, wie sich Schuldgefühle in ihm aufbauten. Warum bloß hatten seine Eltern damals diese blöde Verbindung zwischen den Zimmern einbauen lassen?

„Warum machst du das?", fragte Francis schließlich. Tränen schimmerten in ihren Augen. Erschüttert sah sie ihren Bruder an.

Neal tat ahnungslos, obwohl er genau wusste, worauf sie hinaus wollte.

„Das mit den Männern", erklärte Francis. „Das eben. Du machst widerliche Dinge mit ihnen. Du zeigst dich nackt vor ihnen, lässt dich anfassen ..."

Sie konnte nicht weiter sprechen. Bei dem Gedanken daran schossen erneute Tränen in ihre Augen.

„Es sind keine widerlichen Dinge, die ich mache", versuchte Neal sein Verhalten zu erklären. „Ich schlafe mit ihnen, mehr nicht."

Seine Stimme senkte sich. Er sah zu Boden. Seine Worte sollten gleichgültig klingen, und doch wusste er ganz genau, dass seine Männergeschichten nicht „normal" waren. Er hasste diese Männer, und doch trieb es ihn immer wieder dazu, sie als leichte Beute abzuschleppen.

„Aber wieso?" Francis' Augen waren starr und weit. „Wieso machst du das?"

„Weil ich ... weil ..." Neal suchte nach Worten, dann blickte er seine Schwester gefasst an. „Ich brauche es eben. Es macht mich an. Ich kann es nicht sein lassen." Er fuhr sich über das Gesicht. „Ich schäme mich ja selbst dafür."

Und das stimmte. Manchmal hätte er seine Neigung gerne abgelegt, wie einen billigen Modetrend.

Einen kurzen Moment herrschte Stille zwischen ihnen. Und Neal stellte überrascht fest, dass er lange nicht mehr mit jemandem darüber geredet hatte. Es erstaunte ihn umso mehr, dass er sich nun gerade seiner Schwester anvertraute.

Er hatte ihr schon vor einiger Zeit gestanden, dass er Männer auch attraktiv fand, doch anscheinend hatte sie nicht damit gerechnet, dass Neal auch Sex mit ihnen hatte.

„Aber ... was ist denn jetzt mit mir?", unterbrach Francis' Stimme das Schweigen, so dass Neal erstaunt den Kopf hob.

„Wieso mit dir?"

„Hast du ...?" Sie konnte kaum aussprechen, was sie befürchtete. „Hast du mich nun nicht mehr lieb?"

Ein kalter Schauer fuhr Neals Rücken entlang und wurde dann abgelöst von einer enormen Hitze. Mit so einer Frage hätte er am wenigsten gerechnet.

„Natürlich habe ich dich noch lieb", sagte er mit Nachdruck. Er umarmte Francis zärtlich. Und doch stellte sich automatisch ein Druck in seiner Magengegend ein. War das denn „normal", was er für sie empfand? Reichte es nicht aus, dass ihn die Männerwelt so konfus machte? Er löste sich von ihr und strich die letzten Tränen von ihrer Wange.

„Ich habe dich sehr lieb", sagte er. Es klang ernst. „Mehr als ich sollte."

Er schluckte trocken. Was er da von sich gab erschreckte ihn.

Doch weiteres konnte und wollte er nicht dazu sagen. Und es war wie eine Flucht vor der Wahrheit, als er sich wieder erhob und anstrebte, das Zimmer wortlos zu verlassen. Aber die Gedanken in seinem Kopf waren wirr. Und er wusste, dass er dringend über einiges nachdenken musste.

„Versuch zu schlafen", sagte er noch. „Und mach dir keine Sorgen."

Es sollte beruhigend klingen, aber er wusste selbst, dass er in diesem Augenblick nicht unbedingt überzeugend klang.

Und schon am nächsten Morgen war das Thema erneut präsent. Als Francis am Frühstückstisch erschien, herrschte dort große Aufruhr.

„Ich hatte dich darum gebeten, es sein zu lassen", hörte man Stephanie schreien.

„Das werde ich sicher nicht tun, nur weil du es willst!", entgegnete Neal aufbrausend. Dass er und seine Mutter öfter Streitigkeiten hatten, war Gang und Gebe, doch diesmal klang die Sache ernst.

„Hör mal zu", lenkte Frau Anderson ein, dabei sah sie ihren Sohn intensiv an. „Es ist immer noch unser Haus, in dem du lebst. Und ich verbiete dir, diese Männer hier mit herzunehmen. So etwas gehört sich nicht. Es ist anormal." Sie machte eine kurze Pause, in der sie tief einatmete. „Ich will das in meinem Haus nicht haben."

Francis setzte sich still. Sie brauchte nicht nachfragen. Sie wusste, dass es erneut um Neals Männer-bekanntschaften ging.

„Ich kann ja ausziehen, wenn es dir nicht passt", sagte dieser nun trotzig.

„Streitet euch doch nicht", fuhr Peter Anderson dazwischen. Wie immer ergriff er nicht direkt Partei, obwohl er stets ein gutes Wort für seinen Stiefsohn übrig hatte. „Ich finde, es ist in Ordnung, wenn Neal diese Neigung hat. Das solltest du akzeptieren, Steph!" Er blickte seine Frau an, und es war nicht das erste Mal, dass er sie um diesen Gefallen bat. „Und was diese Männer angeht, nun, mir macht es nichts aus, solange es nicht über die Stränge schlägt."

Er zwinkerte seinem Sohn zu, und hoffte, das Thema damit erledigt zu haben, doch seine Frau fuhr nun erst recht aus der Haut.

„Es schlägt aber über die Stränge!", stellte sie entrüstet fest. „Die gehen hier ja ein und aus ... Ich merke das doch. Auch wenn es nachts ist. Ich höre das!" Energisch schüttelte sie den Kopf. „Nein, ich dulde das nicht. Mir kommt kein Mann dieser Art mehr ins Haus."

Ebenfalls kopfschüttelnd lehnte Neal sich zurück. Ihm war es peinlich, dass über sein Intimleben so offen gesprochen wurde. Trotzdem hatte er es satt, ständig klein bei zu geben.

„Wie kann man nur so spießig sein", entwich es ihm. Und zum wiederholten Male ärgerte er sich gewaltig, dass seine Mutter von seiner Leidenschaft erfahren hatte.

Eine lange Zeit hatte er es vor ihr geheim halten können. Bis vor zwei Jahren. Da hatte sie ihn knutschend und fummelnd in der Gartenlaube erwischt, und das auch noch mit einem Jungen aus der Nachbarschaft.

Stephanie war entsetzt gewesen. Ein paar Tage hatte sie gar nicht mehr mit ihrem Sohn gesprochen. Als sie schließlich auf ihn zukam, wollte sie, dass er sich psychologisch behandeln ließe.

Sie kam in keiner Weise damit klar, dass Neal eine homosexuelle Neigung hatte, und wo sich nur die Möglichkeit ergab, machte sie es ihm zum Vorwurf.

Unzufrieden drehte Neal seinen Kopf. Er wollte einfach nur in Ruhe gelassen werden, und als er in Francis' Gesicht sah, verschwand seine Wut fast gänzlich.

„Wollen wir los?"

„Du fährst sie nicht zur Schule!" Stephanies Stimme drang in seine Ohren. „Du fährst zur Uni, und Francesca nimmt den Schulbus!"

„Schrei ihn doch nicht so an", schaltete sich Neals Schwester schließlich ein. Sie konnte es nicht ausstehen, wenn es Streit in der Familie gab. Doch das kam leider öfter vor.

Neal stand auf und legte eine Hand auf Francis' Schulter. „Lass sie", sprach er, ohne seine Mutter anzusehen. „Es hat keinen Sinn. Ich mache ja sowieso immer alles falsch."

Er griff nach seiner Jacke, die an der Garderobe hing, dann verließ er das Haus.

„Musste das wieder sein?" Peter Anderson schüttelte den Kopf.

„Solange Neal bei uns wohnt, hat er sich an gewisse Spielregeln zu halten." Stephanies Stimme war dominant und bestimmend, und dennoch ließ sie betrübt den Kopf hängen.

„Ich verstehe einfach nicht, warum unser Sohn so geworden ist. Er war doch immer so anständig."

Nach der Uni war Neal nur kurz zu Hause gewesen, doch zum Glück seiner Mutter nicht mehr über den Weg gelaufen. Als er am Abend, nach der Bandprobe mit Richard, erneut in dem Club Zuflucht fand, war seine Laune schon um einiges besser.

„In der Woche ist nicht gerade viel los." Carsten verzog

das Gesicht. Auch er war Student, studierte Jura, und konnte es sich ohne weiteres leisten, auch mal mitten in der Woche auszugehen.

Schließlich erhellte sich sein Gesicht. Mit dem Ellenbogen stupste er Neal in die Seite.

„Da ist der Blonde, von neulich. So wie der dich anstarrt, hättest du heute wieder freie Fahrt bei ihm."

Neal hingegen war weniger begeistert dem blonden Jungen erneut über den Weg zu laufen. Desinteressiert widmete er sich seinen Zigaretten. „Du kennst meine Devise", sagte er zu Carsten. „Keine Wiederholungsnummern. Ich gehe mit keinem zweimal ins Bett."

Das Feuerzeug flammte auf und schon führte er die Zigarette an seinen Mund.

„Verstehe ich nicht." Carsten runzelte die Stirn. „Wenn es gut war, kann man es doch wiederholen."

Neal schüttelte den Kopf.

„Auf so was lasse ich mich nicht ein", erwiderte er mit Nachdruck. „Außerdem nehme ich keinen Typen mehr auf mein Zimmer. Meine Mutter ist heute wieder völlig ausgetickt."

Eine erneute Wut baute sich in Neal auf, als er daran dachte.

„Dass du dir das auch immer gefallen lässt", äußerte sich Carsten voller Unverständnis. „Ich wäre an deiner Stelle schon längst ausgezogen."

Neal griff nach seinem Bier, trank gierig ein paar Schlucke, als könne er damit seine miese Laune aus der Welt schaffen. „So einfach ist das nicht", erklärte er, nachdem er ein neues Bier an der Theke bestellt hatte. Im Augenwinkel sah er wieder den blonden Jungen, der ihn tatsächlich unentwegt anstarrte.

„Deine Eltern haben Kohle ohne Ende", stellte Carsten fest. Er drehte sich kurz um, machte dem Blonden klar, dass er verschwinden sollte, dann wandte er sich wieder Neal zu. „Die könnten dir ein ganzes Haus mieten."

Neal lachte bei der Vorstellung daran. In der Tat hatte seine Familie Geld, gönnten sich hier und da den passenden

Luxus. Und doch wäre er nie auf den Gedanken gekommen, seine Eltern finanziell auszunutzen.

„Ich will noch gar nicht ausziehen."

Carsten zuckte mit den Schultern. „Dann musst du dich auch nicht wundern, dass deine Mutter sich über deine Männerbesuche aufregt."

Neal leerte sein Bier, dann nahm er das frisch gezapfte von der Theke entgegen. Dem Barkeeper schenkte er ein freundliches Lächeln, dabei bemerkte er, dass ihm eigentlich gar nicht nach flirten zumute war.

„Es ist nicht nur wegen meiner Mutter", setzte er das Gespräch wieder fort.

„Sondern?" Carsten sah ihn neugierig an, und Neal war froh, dass der so ein verständnisvoller Gesprächspartner war.

„Francesca, meine Schwester", erklärte er. „Sie hat mich letztens beobachtet, als ich es mit dem Blonden getrieben habe."

Carsten schmunzelte. Er schien sich diese Situation bildlich vorzustellen.

„Ja, und?"

Neal schüttelte den Kopf. Noch immer spürte er Unbehagen, als er an das Geschehene zurück dachte. „Sie war völlig fertig deswegen. Ich habe sie sehr schockiert damit." Und er wurde in seinem Beschluss immer sicherer. „Nein, ich nehme keinen mehr nach Hause."

„Kann dir doch egal sein, was deine Schwester denkt."

„Ist es aber nicht." Neal biss sich auf die Unterlippe. Die ganze Situation war verzwickt. Er hätte das alles gerne rückgängig gemacht. „Sie ist erst fünfzehn. Sie kann das sicher noch nicht verstehen." Mit ehrlichen Augen sah er Carsten an. „Ich möchte sie nicht verunsichern. Sie ist mir wichtig."

Carsten nickte, obwohl er sich nicht wirklich vorstellen konnte, dass Neal so starken Wert auf die Gefühlswelt seiner Schwester legte.

„Also lebst du ab jetzt keusch?", fragte er direkt.

„Quatsch!", fuhr es aus Neal heraus. „Ich mache erst mal eine kleine Pause."

Er leerte sein Glas, dann sah er Carsten auffordernd an.

„Vielleicht sollten wir zur Abwechslung heute einfach mal nur ins Kino gehen.“

In dem Flur standen große Koffer. Am aufgeregtesten war die Haushälterin Hanna, seit Jahren schon im Hause Anderson als Köchin und „Mädchen für alles“ angestellt. Immer wieder fragte sie, ob auch wirklich alles eingepackt war.

„Ich denke schon, Hanna!”, antwortete Stephanie. Sie trug einen hellen Seidenmantel, der ausgezeichnet zu ihren hellen Haaren passte. In der Hand hielt sie eine schwarze Handtasche. Zufrieden sah sie zu, wie Neal und ihr Mann Peter die Koffer zu dem Taxi brachten.

„Wann kommt ihr denn genau wieder?”, fragte Francis neugierig. Sie mochte es nicht, wenn ihre Eltern verreisten, doch dies kam leider öfter vor.

Frau Anderson zuckte mit den Schultern.

„In ein paar Tagen – je nachdem, wie die Reise verläuft.“

Francis nickte. Die Herbstmodenschauen standen bevor. Und jedes Jahr begannen die Vorbereitungen dafür schon Wochen vorher. Ihre Eltern reisten viel. Knüpften Kontakte, suchten Stoffe aus, besuchten andere Schauen oder Ausstellungen und waren zu größeren Anlässen stets präsent.

„Und dass ihr unser Haus heil lasst“, fügte Peter nun hinzu, als er wieder in den Flur trat.

Das Gepäck war verstaut. Die Andersons verabschiedeten sich bei ihren Kindern, dann fuhren sie mit dem Taxi davon.

Neal sah ihnen aus dem Fenster hinterher. „Na, endlich sind sie weg.“ Er grinste. „Ich werde erst mal ein paar Kumpels für heute Abend einladen.“ Er ging in den Flur zurück und griff nach dem Telefon. Francis war ihm gefolgt. Und weil er ausnahmsweise mal sehr guter Laune war, drehte er sich zu ihr um und sagte: „Kannst auch ein paar von deinen Freunden Bescheid sagen. Und dann wird gefeiert.“

Neal lächelte. Er hatte zuviel getrunken, konnte seine Augen kaum offen halten. Und da seine Eltern nicht im Haus waren, machte er an diesem Abend eine Ausnahme. Zudem machte ihm im betrunkenen Zustand seine Neigung viel weniger aus.

„Du kannst hier bleiben." Er strich André über die Wange. Die war weich, so wie der ganze Körper von ihm. André war, neben Carsten, die einzige männliche Person, die Neal längere Zeit neben sich ertragen konnte. Und André war so ganz anders.

Er war feminin, grazil, einfach unmännlich. Er verband alles in sich, was man als androgyn hätte bezeichnen können. Und wenn Neal mal wieder genug hatte von der derben Männerwelt, dann stellte er sich vor, André sei eine Frau, und diese Vorstellung gefiel ihm sehr.

„Ich komme gleich wieder", sagte Neal dann und verschwand im Wohnzimmer. „The Party is over!", rief er in die kleine Runde von Gästen, die noch übrig geblieben war. Und jene erhoben sich auch sofort, um das Haus zu verlassen.

Doch plötzlich erblickte Neal den jungen Charlie, der sich bis dahin wohl mit Francis unterhalten hatte, denn diese stand neben ihm und machte ein erschrockenes Gesicht, als sie ihren Bruder erblickte.

„Was macht der denn hier?" Neal packte Charlie am Arm und zerrte ihn zum Ausgang. Er konnte nicht glauben, dass ihm all die Stunden, die Anwesenheit Charlies entgangen war.

„Wenn ich dich noch einmal bei meiner Schwester sehe, dann passiert was!", schrie Neal ungehalten. Er schubste Charlie nach draußen und schloss geräuschvoll die Tür.

„Warum bist du so unfreundlich zu ihm?", fragte Francis erstaunt.

„Der hat nichts bei dir zu suchen", erwiderte Neal ungehalten. Er lallte ein wenig, so dass er kurz darauf über sich selbst schmunzeln musste. Liebevoll strich er Francis über das dunkelbraune Haar. „Ich meine das nicht böse. Er ist einfach nichts für dich, okay?"

Seine Schwester nickte still.

„Und nun geh schlafen, es ist schon spät.“

Sie gehorchte seinen Worten und wandte sich der Treppe zu. Dort stand immer noch André und wartete. Seine schlanke Figur lehnte am Treppengeländer. Sein dunkles Hemd war bis zur Brust aufgeknöpft, sein schwarzes, kinnlanges Haar hing ihm wirr in das Gesicht. Seine Augen trugen dick aufgetragenen Kajal. Sehnsüchtig blickte er Neal entgegen.

„Wo bleibst du denn?”, säuselte er.

„Ich komm ja schon.“ Neal trat auf ihn zu, umfasste seine Hüften. André lächelte zufrieden. Er erwiderte den Griff, um Neal gierig auf den Mund zu küssen.

Francis schluckte, als sie das sah. Sie hatte gehofft, dass ihr Bruder diese Intimitäten mit Männern vor ihr nicht mehr so öffentlich präsentieren würde, doch die ausgelassene Feier ließ Neal seine guten Vorsätze einfach vergessen.

Francis schlich leise an ihnen vorbei. Als sie sich nach einigen Stufen noch einmal umdrehte, küssten sich die beiden Jungs noch immer, und Neal öffnete dabei seine Augen und sah Francis’ traurigen und zugleich neidisch wirkenden Gesichtsausdruck.

Splitternackt lehnte Neal sich an die Wand, nur eine Zigarette zierte seine schmalen, roten Lippen. André war vor ihm niedergekniet. Seine Lippen liebkosten Neals empfindlichste Stelle.

„Ich glaube“, fing Neal an, und er schloss dabei genüsslich die Augen, „heute wäre ich bereit, dich zu ficken. Ich wäre bereit.“

André sah entgeistert auf, und seine Augen zeigten einen vorwurfsvollen Blick. „Warum machst du es denn nicht endlich?“

Neal schüttelte den Kopf. Seine Stimme wurde plötzlich ernst und leise. „Du weißt, was das bedeuten würde.“

„Du würdest mich nicht wieder sehen wollen.“ André senkte seinen Kopf. Er kannte Neals Theorie. Er wusste, dass dieser sich nur näher mit Männern befasste, wenn er genau wusste, dass danach nie wieder etwas zwischen ihnen laufen würde. Doch bei André war es anders. Neals ließ dessen Nähe zu, sogar sehr oft, und doch nie so nah, dass ihre Freundschaft dieser Theorie zum Opfer fallen konnte.

„Ich verstehe das bloß nicht", lenkte André dennoch ein. Er ließ von Neals Geschlecht ab, jedoch umfasste er dessen Beine, als wolle er sie nie wieder los lassen.

„Ich könnte mich in dich verlieben", gestand Neal. Er seufzte und schloss erneut die Augen, als wolle er vor dieser Tatsache fliehen.

„Aber, was ist daran schlimm? Ich liebe dich doch auch!" Andrés Augen waren starr und spiegelten eine große Verzweiflung wider.

„Du bist mir wichtig." Neal löste sich von Andrés Umklammerung und stieß sich dann von der Wand ab, um ein paar Schritte im Zimmer zu gehen. „Du bist immer da, wenn ich dich brauche, wenn es mir schlecht geht." Er machte eine kurze Pause, indem er seine Zigarette ausdrückte. „Und wenn ich jetzt mit dir schlafe, mich in dich verliebe, dann wird alles anders."

Er setzte sich auf sein Bett und machte ein nachdenkliches Gesicht.

„Das kannst du doch gar nicht wissen", konterte André. Er erhob sich allmählich vom Boden und gesellte sich zu Neal.

„Und ob", gab Neal zu verstehen. Seine Gedanken drifteten ab. Er dachte an längst verjährtes, und doch traf es sein Herz, als sei es erst eben geschehen. „Ich habe einmal einen Jungen geliebt, und er hat mich sehr verletzt.[1] – Ich möchte so etwas nie wieder erleben." Es klang verbissen. „Nie wieder. Das habe ich mir geschworen."

Sein Körper verkrampfte sich, als er an die Vergangenheit dachte.

„Und du glaubst", fing André an, dabei strich er über Neals nackten Oberschenkel, „wenn du mit jedem Mann nur

---

[1] Justin C.Skylark, „Liebeswut", Himmelstürmer Verlag, Frühjahr 2005

einmal schläfst, dann wirst du dich nie mehr verlieben?“

Neal nickte schmunzelnd. „Ja, aus den Augen, aus dem Sinn.“

Er griff nach Andrés Hand und strich mit seinem Daumen sanft darüber.

„Aber, warum triffst du dich denn so oft mit mir?”, wollte André wissen.

„Weil du der einzige bist ...“, fing Neal an zu erklären, dabei führte er Andrés Hand zwischen seine Beine, „... der mir so richtig gut einen runter holen kann.“

André blieb bis zum nächsten Mittag. Sein Kajal war verwischt. Er schien noch ausgezehrter als am Abend zuvor. Er war ein schöner Junge, vielleicht zu schön. „Bis bald“, sagte er, als er ging. Zum Abschied küsste er Neal auf die Wange. Mit gesenktem Haupt verließ er das Haus.

Neal räumte nur die Gläser zusammen, ansonsten kümmerte er sich nicht darum, das große Wohnzimmer und die anderen Räume, die der Party gedient hatten, zu säubern. Er wusste, dass Hanna die Zimmer gründlich reinigen würde. Also zog er sich in das Badezimmer zurück, um dort ein entspanntes Bad zu nehmen.

In der Wanne dachte er erneut an André, an sein süßes Lächeln, seine geschickte Zunge ... Neal grinste, dann shampoonierte er sein Haar, um es wenig später im warmen Wasser auszuspülen. Genüsslich tauchte er in der großen Wanne unter und verschwand gänzlich in dem nach Lavendel riechenden Schaum.

Als er wieder auftauchte, hörte er ein leises Klopfen an der Tür.

„Darf ich kurz reinkommen?“ Es war Francis.

Neal stimmte zu, und schon öffnete sich die Badezimmertür.

„Stör ich?”, fragte seine Schwester zaghaft, doch Neal schüttelte den Kopf.

In der ersten Etage gab es drei Badezimmer. Ein kleines mit Dusche war an sein eigenes Zimmer angeschlossen. Das andere gehörte zu dem Schlafzimmer seiner Eltern.

Somit kam es öfter vor, dass sich die Geschwister in dem größten Badezimmer, welches Badewanne, Dusche und Bidet enthielt, über den Weg liefen.

„Ich bin sowieso gleich fertig", entgegnete Neal, dann fuhr er sich mit einem nassen Schwamm über das Gesicht. Die Party des vergangenen Abends spürte er noch in den Knochen, und dennoch war ein heißes Bad genau das, was ihn wieder munter machte.

„Ich wollte mich nur kurz frisch machen", erklärte seine Schwester. Sie griff nach ihrer Zahnbürste und fing an, sich die Zähne zu putzen. Als sie fertig war, kämmte sie ihr kastanienbraunes Haar. Es ging ihr fast bis zu den Hüften und duftete meist nach Rosenshampoo.

„Der André, der sieht ja echt gut aus", stellte sie fest, während sie in den Spiegel sah.

„Findest du?" Neal sah auf und schmunzelte. „Seit wann interessierst du dich denn für Jungs? Für meine Jungs?"

Francis legte die Bürste ab, dann drehte sie sich fast vorwurfsvoll um. „So klein bin ich nun auch nicht mehr. Irgendwie verstehe ich, dass du Männer magst."

Neal hob erstaunt die Augenbrauen. Er fixierte seine Schwester, ihre schlanken Beine, die unter dem kurzen Nachthemd zum Vorschein kamen. Er betrachtete ihre schlanke Taille, ihre perfekten Rundungen, die sich unter dem Hemd abzeichneten. Nein, klein war sie längst nicht mehr. Und es machte ihn doch ein wenig froh, dass sie sich anscheinend mit seiner Leidenschaft für Männer abgefunden hatte.

Neal griff nach seinen Zigaretten und zündete sich eine an. Seine Schwester ließ er dabei nicht aus den Augen.

„Mum würde meckern, wenn sie dich rauchend in der Wanne sehen würde", sagte sie.

Neal zuckte gelassen mit den Schultern. „Sie ist aber nicht da."

Er zog an der Zigarette, dachte noch kurz an die gestrige Party, dann sah er wieder zu Francis. Diese zog plötzlich ihr Nachthemd aus und stand nur noch mit einem knappen

Höschen bekleidet vor dem Spiegel. Mit einem nassen Waschlappen fuhr sie sich über den nackten Oberkörper.

Neal begann hektischer zu rauchen. Er wusste nicht, wieso, doch konnte er den Anblick seiner Schwester mit einem Mal kaum ertragen. Er wurde nervös, er sah weg, doch von einer inneren Unruhe getrieben, sah er auch wieder zu ihr hin. Er starrte sie regelrecht an.

Schließlich griff er sich ein großes Handtuch, die Zigarette hatte er immer noch im Mund, und schlang es sich um die Hüften. Als er wieder aufsah, bemerkte er, wie seine Schwester ihn musterte. Als sich ihre Blicke trafen, sah sie beschämt weg. Dabei hatte sie Neal schon öfter nackt gesehen, doch meist nur kurz, durch Zufall, aber heute hatte sie ihn direkt betrachtet und ein eigenartiges Gefühl dabei gespürt.

Nasse Tropfen rannen Neals Körper herunter. Er machte sich keine Mühe, sich sorgfältig abzutrocknen, und wollte das Bad gerade verlassen, als er zögerte. Er trat auf das Waschbecken zu und stand nun genau hinter ihr. Eine Wolke von Parfum drang ihm in die Nase, was ihn geradezu betörte.

Er drückte seine Zigarette in dem Waschbecken aus, dabei berührte er ihren zierlichen Arm, was sie zusammenzucken ließ.

„Was ist?", fragte er sofort, doch sie schwieg. Sachte drehte sie ihren Körper um, und mit einem erwartungsvollen, fast naiven Blick sah sie zu ihrem Bruder empor. Sie hatte ihre Arme schützend vor ihren Oberkörper gepresst, als würde sie sich schämen, so spärlich bekleidet vor ihm zu stehen.

Einige Sekunden sahen sie sich stillschweigend an.

„Hey?", kam es schließlich aus Neal heraus, dabei strich er mit seinen Fingern über ihre Arme, die sie vor ihrem Oberkörper verschränkt hatte. „Genierst du dich vor mir?"

Wortlos schüttelte Francis ihren Kopf, sah dabei zu Boden. Und schließlich senkte sie ihre Arme, so dass Neal ihren nackten Oberkörper betrachten konnte.

„Du brauchst dich auch nicht schämen", sprach er weiter, „du bist nämlich wunderschön."

Mit beiden Händen strich er ihr über die Wangen, dann berührte er ihren Hals. Er bemerkte, wie sie dabei eine Gänsehaut bekam, oder war ihr einfach nur kalt?

Er zögerte kurz, dann ließ er seine Hände sanft über ihre Brüste gleiten. Diese waren durchschnittlich groß, fast ausgereift und wohl geformt. Neal spürte, wie seine Hände zu zittern begannen, und wie Francis bei seinen Berührungen erneut zusammen zuckte. Sie hob erschrocken den Kopf. In ihren Augen spiegelte sich eine große Unsicherheit, und doch unternahm sie nichts gegen die tastenden Hände ihres Bruders.

Und Neals Blick war plötzlich seltsam verändert. Es war nicht mehr ihr Bruder, der vor ihr stand, sondern ein Mann, dessen Leidenschaft gerade entflammte, dessen tiefblaue Augen Francis durchbohrten, gänzlich verschlangen.

Er fuhr durch ihr Haar, schloss die Augen und seufzte tief.

„Unglaublich schön bist du.“ Francis wollte etwas antworten, doch sie bekam kein einziges Wort zustande.

Neal kam ihr jetzt noch näher, so dass sie genau vor seiner nackten, fast unbehaarten Brust stand. Sie vernahm sein aufgeregtes Atmen, dann spürte sie, wie er ihre Hüften umschlang und sie vorsichtig an sich drückte. Seine Hände streichelten ihren Rücken.

„Ein Kind bist du weiß Gott nicht mehr.“ Sein Griff wurde fester.

„Neal?“ Francis klang unsicher, wehrlos. Mit großen Augen sah sie ihren Bruder an. „Wieso machst du das?“

Sofort nahm Neal seine Hände von ihr, als würde er erst jetzt realisieren, welche Grenzen er schon längst durchbrochen hatte. Verlegen fuhr er sich durch das nasse Haar. „Sorry, ich dachte, es gefällt dir?“

„Ja, schon, aber ...“ Francis verstummte. Fragend sah sie ihrem Bruder in das Gesicht. Und das war es! Sein Gesicht! Sein Gesicht brachte sie zum Schweigen. Es war sein längliches Haar, seine markanten Wangenknochen, seine blauen Augen, seine dominante Ausstrahlung, die über ihr schwebte. Alles in allem machten ihn diese Merkmale zu einem Mann mit einem immensen Charisma, gegen die sich selbst Francis nicht wehren konnte. Und seinem Blick konnte sie kaum Stand halten.

„Wenn du mich so ansiehst, dann habe ich komische Gedanken“, sagte sie. Und ihre Stimme hörte sich regelrecht verzweifelt an. Neals Neugier war sofort geweckt.

„Was für Gedanken?“

Francis sah wieder zu Boden, als würde sie sich für ihre folgenden Worte schämen.

„Ich denke, dass ich dich gern küssen würde.“ Sie hob ihren Kopf und lächelte kurz, als würde sie es sich bildlich vorstellen, doch ebenso schnell schien sie wieder verunsichert. „Ist das ein schlimmer Gedanke?“

Neal zögerte. In der Tat war es ein schlimmer Gedanke, doch in diesem Augenblick konnte er ihren Wunsch nachvollziehen. Und er war erschrocken über diese Feststellung.

„Na ja, man kann das sehen wie man will“, sagte er. Erneut strich er ihr über die Wange.

Und da war wieder dieser Blick, der sich durch ihre innersten Wünsche kämmte. Sie sah nur noch seine Augen, die sie warm und herzlich ansahen, aufnahmen, verspeisten, wie ein cremiges, süßes Dessert.

Und schließlich wurde sie wieder an ihn gedrückt. Seine Arme umschlossen ihre Taille.

„Es wäre etwas ungewöhnlich, wenn wir uns küssen würden ...“ Er verstummte, als würde ihm dieses Thema unangenehm sein, und dennoch lag ein Reiz in seinen Worten.

Francis überkam ein Gefühl der Hilflosigkeit. Sie erkannte ihren Bruder nicht wieder. Er war ihr plötzlich fremd und überlegen. Und dennoch strömte eine Zuneigung von ihm aus, die so groß war, dass es Francis fast beängstigte.

Trotz alledem fühlte sie sich zu ihm hingezogen, wie noch nie zuvor. Sein Gesicht kam immer näher. Sie sah schließlich nur noch seinen roten Mund. Sie spürte seinen Atem. Er war warm und flehend.

Ihr Herz klopfte schmerzhaft. Und es war, als fiele eine

zentnerschwere Last von ihrem Körper ab, als sie schließlich seine Lippen auf ihrem Mund spürte.

Es trieb ihr fast die Tränen in die Augen. Ihre Hände griffen nach seinem Hals, sie zog sich dicht an seinen Körper heran. Als diese Last von ihr glitt, merkte sie erst, wie sehr sie sich nach diesem Augenblick gesehnt hatte.

Er küsste sie erst zaghaft, doch als er bemerkte, wie sehr sie auf ihn einging, wurde er mutiger, seine Küsse intensiv und fordernd.

Er hörte auf zu denken. Mit einem kräftigen Griff hob er sie auf seine Arme und verließ mit ihr das Badezimmer.

Er spürte ein heftiges Kribbeln in der Magengegend. Und es wurde stärker, als er sie in seinem Zimmer auf das Bett legte. Ihre Augen waren erwartungsvoll. Ein Laut kam aus ihrem Mund, ein Laut voller Lust und Unruhe. Es war ein Laut der Verzweiflung, dennoch küsste er sie wieder. Seine starken Arme umschlossen ihren zarten Leib. Sie wehrte sich nicht, was dazu führte, dass Neal noch gedankenloser vorging. Er war inzwischen so erregt, dass er nicht wirklich wahrnahm, was er tat. Er strich den Slip von ihrem Körper, fuhr mit seinen Händen über ihre Beine, ihre Brüste und ihren Bauch.

Ihr Körper zitterte leicht, ihre Augen waren geschlossen. Sie wirkte trotz alledem entspannt, so dass Neal keinen Gedanken daran verschwendete, er würde gegen ihren Willen handeln.

Seine Begierde zerrte an seinen Nerven. Er küsste gierig. Mit seinen Lippen liebkoste er jeden Zentimeter ihrer Haut. Schließlich versank er zwischen ihren Schenkeln, wo ein zarter Flaum ihr Geschlecht bedeckte, und er erschrak sogar ein wenig, als sie ein wohliges Stöhnen von sich gab.

Er war hin und her gerissen, doch seine Lust grenzenlos. Als sie nun ebenfalls nach seinem Körper griff, raubte es ihm den letzten Rest seines sonst so gut funktionierenden Verstandes. Mit einer schnellen Bewegung zerrte er sich das Handtuch von den Hüften. Er atmete unkontrolliert, fast hektisch. Er spürte ein neuartiges Gefühl in sich aufsteigen. Es war nicht nur Lust und der Bedarf nach Befriedigung, es war mehr, viel mehr.

Doch er konnte in diesem Moment keine Gedanken daran verschenken, zu groß war das Verlangen. Er brauchte sie - und zwar schnell.

Vorsichtig spreizte er ihre Beine, und als sie dies ohne Widerstand zuließ, legte er sich auf sie.

Er küsste sie weiter, während er sich langsam in sie hinein schob. Eine feuchte Enge umschloss seinen Penis, eine Enge, die ihn fast quälte. Er stöhnte, während er mit leichter Gewalt weiter in sie eindrang. Er spürte ihre Fingernägel, die sich kurz in seinen Rücken krallten, als wolle sie so einem Schmerz ausweichen, doch kein Laut kam über ihre Lippen. Schließlich umklammerte sie seinen Körper, als wolle sie ihn nie wieder los lassen.

Neal wusste, dass dies kein Zustand der Dauer sein würde. Ihr zierlicher Körper, ihre festen wippenden Brüste, ihre Enge, als das erregten ihn immer mehr.

Als er bemerkte, dass sich ihr Körper wieder entspannt hatte, nahm er sie mit sanften Stößen. Er hörte sein eigenes Keuchen, ihr aufgeregtes Stöhnen.

Er nahm sie schneller, härter. Schließlich vergaß er alles um sich herum und kam in wenigen Intervallen. Sein Orgasmus war stark, anders, als er es sonst erlebte.

Kraftlos sank er auf sie nieder. Er vergrub sein Gesicht in ihren Haaren. Ja, das Rosenshampoo, wie sehr liebte sie es. Wie oft hatte er sie schon im Kindesalter damit shampooniert? Wie oft hatten sie vergnügt zusammen in der Badewanne gesessen, bis ihre Mutter eines Tages diese Spielchen verboten hatte?

So etwas gehört sich nicht, hat sie damals gesagt. Warum bloß?

Neal bemerkte, dass der Körper unter ihm immer noch zitterte. Als er leicht den Kopf hob, sah er in ihre grünen Augen.

Und mit einem Mal bohrte sich ein bedrückendes Gefühl in seine Magengegend, als er diese Augen sah. Es waren nicht die Augen irgendeines Mädchens, nicht die von dem süßen André oder sonst einem heißblütigen Verehrer. Es waren die Augen seiner eigenen Schwester – und er lag auf ihr - seine Männlichkeit immer noch in ihr.

Er erschrak gewaltig.

Sofort erhob er sich und nahm Abstand. Entsetzt sah er auf sie herunter und erstarrte regelrecht. Und dann sah er es: Blut! Es klebte an ihren Oberschenkeln, wie sündiger Saft. Auch das Laken wies Flecken auf. Neal wagte keinen Blick an sich herunter, doch er spürte, dass die warme, feuchte Flüssigkeit an seinem Penis nicht nur Sperma war.

„Oh, my God!", schrie er plötzlich. Mit zittrigen Händen fuhr er sich über das Gesicht, doch das grausige Bild vor seinen Augen blieb. „Jetzt sag` bloß, das war dein erstes Mal!?"

Francesca zuckte bei seinen lauten Worten zusammen. Mit großen, unschuldigen Augen sah sie ihren Bruder an.

„Aber, Neal, du weißt doch, dass ich ... noch nie ..."

„Sei still! Sei still!", brüllte Neal zornig.

„Aber, was ist denn?" Francis wirkte fast ängstlich. Sie schien nicht wirklich zu begreifen, was ihren Bruder so aus der Fassung brachte.

„Was ist?", schrie Neal weiter, während er sich in seine Shorts zwängte. „Ich habe eben mit dir geschlafen ... und dich dazu noch entjungfert, das ist los!"

Beschämt sah Francis weg. Tränen füllten ihre Augen.

„Das kann doch alles nicht wahr sein!", fuhr Neal verzweifelt fort, er gab sich keine Mühe, seine Lautstärke zu drosseln. Schließlich packte er sie fest am Arm.

„Los, steh auf! Sofort!"

„Au, du tust mir weh!" Sie schrie, doch brachte sie keine Kraft auf, um sich zu wehren. Sie wurde von Neal regelrecht über das Bett gezogen.

„Das ist mir egal!", erwiderte dieser. „Steh auf!" Er zog sie hinter sich her in das Badezimmer. Dort schubste er sie unter die Dusche.

Tränen rannen mittlerweile über ihre Wangen, doch das störte ihn nicht. Hektisch stellte er das Wasser an, und bevor es überhaupt richtig warm werden konnte, hielt er den Duschstrahl auf ihren Körper. Dicht an die Kacheln gedrängt, ließ sie die Prozedur über sich ergehen.

„Wisch das Blut ab! Los!", fauchte Neal, doch Francis' zitternder Körper reagierte nicht. Noch wütender griff Neal sich einen Schwamm, um die blutigen Spuren von ihren Schenkeln zu wischen. Mittlerweile war ihm entsetzlich übel. Er fragte sich, was er tat, und was er überhaupt getan hatte!

Wie unter Schock drückte er seiner Schwester den Duschschlauch in die Hand.

„Wasch dich gründlich!", forderte er, dann verließ er das Badezimmer. Im Schlafzimmer zog er das Laken von der Matratze. Schnell faltete er es zusammen, um die sichtbaren Rückstände ihrer fatalen Vereinigung verschwinden zu lassen. Er kam sich vor wie ein Verbrecher, der seine Spuren wegwischen wollte, wie ein dreckiger Dieb, Mörder, Vergewaltiger, der sich für seine Tat plötzlich unheimlich schämte, sie aber um jeden Preis verheimlichen wollte. Er wollte es am liebsten unter den Tisch kehren, sich nie dafür stellen oder büßen müssen.

Schweiß stand ihm auf der Stirn, als er das Laken im Keller in die Waschmaschine zwängte. Er stellte sie an, um wenig später zu beobachten, wie der Stoff sich in der Maschine drehte und von dem schaumigen Wasser mitgerissen wurde.

Erschöpft sank er zu Boden. Seine Hände bedeckten sein Gesicht. Und obwohl er schwitzte, waren seine Handflächen erschreckend kühl.

Was bin ich für ein Schwein? Was habe ich nur getan?

Als er das Bad wieder betrat, klemmte eine Zigarette zwischen seinen Lippen. Francis stand inzwischen vor dem Spiegel. Ihr Gesicht war verheult, ihr Blick verloren und traurig, doch Neal schien keine Notiz davon zu nehmen.

„Bist du immer noch nicht angezogen?" Es klang vorwurfsvoll, und seine Stimme hallte bedrohlich.

„Neal, bitte, sei nicht böse ...", flehte sie. Ihr zarter, schmächtiger Körper zitterte noch immer. Ihre Lippen waren inzwischen blau vor Kälte. Sie versuchte, nach ihrem Bruder zu greifen, doch der stieß sie unsachte von sich. „Hör auf mit dem Scheiß!", ermahnte er sie. Daraufhin hielt sie sich die Arme wieder schützend vor ihren Oberkörper, ihre Beine presste sie dich aneinander.

„Und zieh dich an, verdammt noch mal!“ Seine laute Stimme machte ihr Angst. „Ich kann dich nicht mehr sehen!“

Er schlug die Zimmertür zu. Francis fing laut an zu weinen.

Nach einer halben Stunde saß sie angezogen auf ihrem Bett. Ihre Tränen waren getrocknet, doch der psychische Schmerz saß noch tief.

Ein Pochen durchdrang ihren Unterleib. Sie hatte stark geblutet, dabei war Neal nicht einmal gewaltsam vorgegangen. Als sich dessen Zimmertür öffnete, und er über den Flur eilte, sprang Francis sofort auf und öffnete ihre Tür. Sie erblickte Neal auf der Treppe.

„Wo willst du hin?", rief sie erschrocken.

„Weg!“ Neal antwortete kühl, ohne ihr in die Augen zu blicken.

„Aber du kannst mich doch jetzt nicht alleine lassen!?“ Francis klang vorwurfsvoll und auch voller Angst. Erneut füllten sich ihre Augen mit Tränen.

„Hör auf zu flennen!", rief Neal verärgert.

„Aber, wir müssen doch darüber reden“, entgegnete Francis. Sie wischte sich mit ihrem Ärmel über die Augen.

„Gar nichts müssen wir!“ Neal drehte sich um. Er sah wirklich wütend aus, auch wenn es seiner Schwester so vorkam, als ob pure Verzweiflung in ihm herrschte. „Es ist nichts passiert, okay? Absolut nichts!“

Mit diesen Worten ließ er Francis stehen. Er verließ das Haus und knallte die Tür geräuschvoll hinter sich zu.

II.

„Vorsichtig!", rief André erschrocken. Er stützte Neal sorgfältig, achtete besorgt darauf, dass dieser nicht hinfiel.

Umständlich schloss André seine Wohnung auf, während er Neal verbittert festhielt. Dann schob er dessen Körper sachte in den Wohnungsflur, lehnte ihn gegen die Wand wie eine Puppe. Als André sich jedoch umdrehte, um die Tür wieder zu schließen, sank Neal in die Knie und schließlich zu Boden.

„Was machst du denn?", kam es fassungslos aus André heraus. Er beugte sich über seinen Freund und strich ihm das Haar aus dem Gesicht. „Wie konntest du auch nur so viel trinken? Wäre ich nicht vorbei gekommen ..."

Er beendete seinen Satz kopfschüttelnd. Er wollte sich gar nicht vorstellen, was noch alles hätte passieren können. Erneut griff er nach Neals Körper, um ihm wieder auf die Beine zu helfen.

„Und nun? Wohin?"

„Ins Bad", antwortete Neal, und eine Fahne von Schnaps drang André in die Nase. Ein paar Schritte begleitete er seinen Freund noch, dann riss sich dieser los und taumelte in das Badezimmer, knallte die Tür zu. Man hörte nur noch, wie er sich lauthals übergab.

Francis' Körper war sorgfältig in die Decke eingekuschelt. Doch sie fand keinen Schlaf. Bei jedem kleinsten Geräusch, das sie zu hören dachte, schreckte sie hoch. Dann schlich sie in den Flur und lauschte, sah zur Treppe, dann in Neals Zimmer, doch jedes Mal legte sie sich enttäuscht zurück ins Bett und seufzte tief. Ihr Bruder kam nicht.

„Ein oder zwei Aspirin?", fragte André am Morgen. Neal lag noch im Bett, runzelte die Stirn.

„Lieber zwei."

André reichte ihm ein Glas mit Wasser und sah zu, wie Neal die Medizin schluckte.

„Ich verstehe nicht, warum du dich gestern so betrinken musstest. Das hast du lange nicht mehr getan. Hätte ich dich nicht aufgegabelt, hättest du dich ins Koma befördert. Da bin ich mir sicher.“

André stand auf und setzte sich an die alte Kommode. Ein Sammlerstück vom Flohmarkt. Dann fing er an, sein schwarzes Haar zu toupieren.

„Ach, das verstehst du nicht.“ Neal seufzte.

„Hast du Ärger am Hals?”, fragte André sofort nach. „Probleme, die du wegtrinken wolltest?“

Neal schüttelte den Kopf. Er sah unzufrieden aus. Am liebsten hätte er sich unter der Bettdecke verkrochen. „Mein Problem kann man nicht wegtrinken. – Vielleicht betäuben, aber wegtrinken?“ Er sah nachdenklich an die Zimmerdecke.

„Das muss ja was ganz schlimmes sein“, erwiderte André, während er sich im Spiegel musterte und dann nach Haarspray griff.

„Schlimm?”, wiederholte Neal. „Es ist nicht schlimm, es ist pervers. Eine abgrundtief perverse Sache, die ich getan habe.“

Er hielt sich betroffen die Hände vor das Gesicht, als wolle er sich verstecken. Lange nicht mehr hatte er sich so elend gefühlt.

„Pervers?“ André lachte auf. „Bist du ja auch ab und zu. Wenn ich da an die Story mit Adrian denke.“

Neal winkte sofort ab.

„Das mit Adrian war doch lächerlich ...“ Er dachte kurz an die Geschichte mit diesem unreifen Jungen, der so sichtlich schwul war, aber von jedem im Club gehänselt wurde, weil er noch keine Erfahrungen gesammelt hatte. Bis Neal ihn betrunken gemacht und ihn schließlich in den Herren Toiletten vernascht hatte. Ein Augenzeuge hatte auch noch Fotos geschossen. Die Geschichte kursierte wochenlang in dem Club, und Neal fühlte sich fast heldenhaft. Welche Demütigung es damals für Adrian bedeutete, war nebensächlich.

„Na, was ist es denn?”, bohrte André weiter nach. „Hast du etwa euren Gärtner gefickt?“

Er lächelte erneut. Griff dann zur Wimperntusche und versetzte seine Wimpern in eine tiefschwarze Farbe.

„Nein, nicht den Gärtner“, gestand Neal betroffen, „... meine Schwester.“

„Ha, ha!”, brüllte André los, so dass seine Wimperntusche sofort wieder verwischte. Lachend drehte er sich um, doch sogleich erstarrte er. Neal lachte nicht mit, im Gegenteil. Todernst saß er auf dem Bett und blickte André an. Seine blasse Haut, seine dunklen Augenringe und die Tatsache, dass er sich am Abend zuvor bis ins Unermessliche betrunken hatte, zeigten eindeutig, dass er nicht scherzte.

Mit flauer Hand ließ André seine Wimperntusche los und erwiderte Neals traurigen Blick.

„Ist das ... dein Ernst?”, fragte er mit heiserer Stimme.

„Mit so etwas scherzt man nicht“, entgegnete Neal. Es klang fast wütend.

„Du hast deine Schwester ...?”, wiederholte André perplex. „Aber, das kannst du doch nicht machen! Sie ist doch erst ...“ Er verstummte und überlegte sichtlich. „Wie alt ist sie? Dreizehn?“

„Fünfzehn“, korrigierte Neal. Er seufzte. Eine peinlichere Situation konnte er sich in diesem Moment nicht vorstellen.

„Und du hast ...“ André suchte nach Worten, und wäre er ohnehin nicht so blass gewesen, dann wäre er es in diesem Moment mit Sicherheit geworden. „Du hast sie doch hoffentlich nicht missbraucht?“

„Spinnst du?”, schrie Neal auf. Sein schlanker Männerkörper erhob sich aus dem Bett. Er griff nach seinen Zigaretten und zündete sich eine an. „Was denkst du von mir? - Vielleicht bin ich in deinen Augen etwas abartig, doch das heißt noch lange nicht, dass ich meine Schwester missbrauche!“

André zuckte bei dem lauten Geschrei regelrecht zusammen. Beschämt sah er zu Boden.

Für einen kurzen Augenblick herrschte Stille im Raum. Neal zog nervös an seiner Zigarette. So zerstreut hatte André ihn noch nie gesehen.

„Also wollte sie es auch?”, fragte er schließlich vorsichtig.

„Ich glaube schon“, antwortete Neal. „Sie hat sich nicht gewehrt, und es ging alles so schnell. Plötzlich lag ich mit ihr im Bett, und wir haben uns geküsst ... Sie fing an rumzustöhnen ...“

Er fasste sich verstört an den Kopf, als er daran zurück dachte. „So etwas habe ich bei ihr noch nie zuvor gehört. Ich konnte mich nicht mehr zusammen reißen. Mit einem Mal war es passiert. – Ich war selbst entsetzt.“

Wankend nahm Neal auf einem Stuhl Platz. Ihm war schwindelig. Und er wusste zu dem Zeitpunkt nicht, ob es noch von dem Alkohol kam oder der Tatsache, dass er mit seiner eigenen Schwester verkehrt hatte. Er hasste sich plötzlich gewaltig. Er verspürte Ekel und Zorn. Und doch war da etwas in ihm drinnen, was ihn bestätigte, nicht gegen den Willen seiner Schwester gehandelt zu haben.

„Und was ist jetzt mit ihr?”, wollte André daraufhin wissen.

Neal zuckte mit den Schultern. „Nichts, was soll mit ihr sein?“

André, sichtlich betroffen von der ganzen Angelegenheit, machte ein nachdenkliches Gesicht.

„Aber, wie geht es ihr denn danach?“

Neal schüttelte nur mit dem Kopf. „Keine Ahnung.“

„Habt ihr nicht darüber geredet?“ André löcherte ihn mit großen Augen, so dass sich Neal wie im Kreuzverhör vorkam.

Mühselig richtete er sich wieder auf. Sein nackter Oberkörper löste eine starke Sehnsucht in André aus, und jener wunderte sich, dass er nach Neals heiklem Geständnis noch immer eine immense Sympathie für ihn empfand.

„Da muss man nicht drüber sprechen“, fauchte Neal. „Es war eine einmalige Sache, ein Ausrutscher. Das weiß sie so gut wie ich. – Wir werden es vergessen. Das habe ich ihr klar gemacht.“ Er atmete tief durch, als wolle er einen Schlussstrich darunter ziehen. „Es ist nichts vorgefallen, über das man reden müsste.“

André öffnete den Mund vor Erstaunen. Er konnte nicht glauben, was er eben gehört hatte. „Also, wenn der Bruder mit seiner Schwester schläft ... äh ... ich glaube, dann gibt es da eine Menge Dinge zu besprechen“, lenkte er schließlich ein.

Ein jähzorniger Blick ging plötzlich von Neal aus. Mit eiskalten Augen fixierte er André, dann griff er mit seiner freien Hand in dessen aufgestyltes Haar und zog so kräftig daran, dass André sein Gesicht verzog.

„Hör mal zu, Freundchen“, sprach Neal in einem harschen Tonfall. „Ich erzähle dir meine intimsten Geheimnisse, und du denkst, du kannst mir Vorschriften machen?“

„Nein, so war das doch gar nicht gemeint!”, versicherte André. Seine Stimme zitterte angespannt. „Ich meine ja nur, dass es ungewöhnlich ist, wenn Geschwister miteinander Sex haben. Es ist nicht erlaubt, soweit ich weiß. Es ist doch nicht normal.“

Neal lachte höhnisch auf, sein Griff in Andrés Haaren lockerte er allerdings nicht.

„Ach, und dass du dir Schminke ins Gesicht klatschst, das ist normal oder was?”, schrie er gegen an. „Dass du rumläufst wie eine androgyne Hure, das ist normal, ja? Du bist doch selbst gestört. Merkst du das nicht?“

André schloss betroffen die Augen. „Hör bitte auf.“

Neal ließ seine Haare los. Eindringlich sah er seinen Freund an.

„Es tut mir Leid“, sagte er schließlich. Er drückte den Rest seiner Zigarette aus, die schon längst zwischen seinen Fingern verglimmt war. „Ich bin einfach durcheinander. Und ich habe keine Ahnung, was ich machen soll.“

Der frühe Morgen legte die Wiesen und Felder in einen dichten Nebel. Es war warm, doch die Luft feucht, und Francis kam es so vor, als würde bei jedem Atemzug ihre Kehle enger werden. Doch es war nicht das Wetter, was sie bedrückte. Ihre Gedanken kreisten um Neal, um sein Verhalten und die Tatsche, dass er nach dem „Zwischenfall“ einfach nicht mehr nach Hause gekommen war.

Umso überraschter war sie, als sie an der sonst so

einsamen Bushaltestelle eine Person stehen sah. Zuerst drosselte sie ihr Tempo. War ihr doch das plötzliche Erscheinen eines weiteren Fahrgastes nicht geheuer. Ihre Familie wohnte eher ländlich. Die meisten Schüler wurden an den folgenden Haltestellen eingesammelt. Francis stand stets alleine und wartete. Doch an diesem Morgen gesellte sich ein weiterer Schüler zu ihr. Und als sie einige Schritte auf ihn zuging, grinste er sie sogar freundlich an.

Er schien ein paar Jahre älter zu sein und war größer als sie. Er trug dunkle Kleidung und hatte wasserstoffblond-gefärbte Haare, kurz, und mit Haargel gestylt.

„Hi!", grüßte er.

Allmählich konnte Francis auch sein Gesicht genauer erkennen. Er war recht blass, hatte braune Augen. „Ich bin Thilo, bin neu hergezogen. – Da drüben hin!"

Er deutete auf die lange Allee von Bäumen, welche die Landstraße umrandete. Hinter diesem Weg gab es noch ein größeres Anwesen. Francis hatte bis dato dort aber nie Bewohner bemerkt. Nun wusste sie auch, wieso.

„Ich bin Francis. Hi!", gab sie schüchtern zurück. Ihr Unbehagen war fort.

„Fährst du immer mit dem Schulbus?", fragte Thilo neugierig.

Sie nickte.

„Cool." Thilo grinste zufrieden. Offensichtlich war er erleichtert, nicht alleine die neue Schule und den Bus betreten zu müssen.

„Manchmal fährt mich auch mein Bruder", gab Francis noch zu verstehen. Wehleidig sah sie auf die Nebelfelder, durch die sich langsam die Sonnenstrahlen einen Weg bahnten. „Aber das hat wohl nun auch ein Ende."

Als sie am Nachmittag von der Schule kam, deutete ebenfalls nichts darauf hin, dass ihr Bruder zu Hause gewesen war. Und als das Telefon klingelte und Francis voller Erwartung das Gespräch entgegen nahm, wurde sie erneut enttäuscht. Es waren ihre Eltern, die ihre verfrühte Heimkehr ankündigten. Die Geschäfte waren gut gelaufen und schon am nächsten Tag wollten Stephanie und Peter zurück sein.

Francis ließ sich ihre Anspannung nicht anmerken. Sie versicherte ihrer Mutter, dass alles in Ordnung sei und innerlich war sie sogar froh, bald nicht mehr alleine im Haus sein zu müssen.

Ihre Haushälterin Hanna hatte nämlich kurzfristig zwei Tage frei genommen und so machte sich Francis lediglich eine Schale mit Müsli zurecht, und die Küche blieb den dritten Tag kalt.

Auch am Abend kehrte Neal nicht heim. Voller Angst und mit Tränen in den Augen kam Francis erst sehr spät zur Ruhe.

Am Nachmittag des nächsten Tages kamen Stephanie und Peter zurück. Ihre Reise war nicht lang gewesen. Der Flug zurück von Paris war kurz und ohne Komplikationen verlaufen.

Erfreut begrüßten sie ihre Tochter, und auch Hanna war wieder anwesend und konnte das Gepäck gleich in Empfang nehmen.

Dass Neal nicht zu Hause war, stimmte die Eltern nicht nachdenklich. Ihr Sohn war oft unterwegs. Zur Uni, zur Probe oder bei Freunden.

Sie fragten nicht nach, wo er sich nun befand, und Francis war froh darüber.

Als sie dann in vertrauter Runde zu Abend aßen, öffnete sich schließlich die Haustür und Neal trat herein.

Erstaunt kam er durch den Flur und spähte in das Esszimmer.

„Ihr seid zurück?“

Fragend schweifte sein Blick zwischen seinen Eltern hin und her. Peter nickte als erster.

„Wir hatten doch Bescheid gesagt.“

Nur kurz sah Neal seine Schwester an. Deren Blick war gesenkt. Es signalisierte ihm, dass sie nicht erzählt hatte, was vorgefallen und ebenso nicht berichtet hatte, dass Neal ein paar Tage außer Haus gewesen war.

Schnell lenkte er nun ein. „Klar! Muss ich irgendwie verwechselt haben.“

Er legte seine Jacke ab. Er trug noch dieselben Kleidungsstücke, wie vor wenigen Tagen. Doch er sah nicht ungepflegt aus. Seine Kleidung schien sogar gebügelt.

André!, schoss es Francis durch den Kopf. Sicher war Neal bei ihm gewesen ...

Er setzte sich an den Tisch, doch sein Appetit hielt sich in Grenzen. Und sein sonst so lebhaftes Gemüt schien eingefroren. Er sah nur stur auf seinen Teller. Wie die Geschäftsreise seiner Eltern verlaufen war, interessierte ihn in keiner Weise.

„Wir haben sogar Jarvis in Bristol besuchen können“, berichtete Peter erfreut. Doch das tangierte Neal am wenigsten. Mit seinem älteren Stiefbruder, dem Sohn aus Peters erster Ehe, war er nie richtig auf einer Wellenlänge gewesen.

Als dann Stephanie ein paar Details erzählte, ein paar lustige Begebenheiten und zum Schluss eine Zusammenfassung ihrer Reise schilderte, und ihre Kinder nur still nickten und nichts dazu sagten, wurde Peter aufmerksam.

„Was ist denn los mit euch? So schweigsam?“

Sein Blick senkte sich auf Francis. Sie war unheimlich blass, wirkte bedrückt. Doch als sie merkte, wie prüfend ihr Vater sie ansah, lächelte sie herzlich.

Neal hingegen verzog keine Miene, als Peter ihn näher betrachtete. Im Gegenteil. Fast angenervt schob er seinen Teller bei Seite und erhob sich wieder.

„Ich hab noch einiges zu erledigen“, sagte er, dann verließ er das Esszimmer.

„Habt ihr Streit?”, wollte Stephanie indes wissen, aber ihre Tochter schüttelte nur den Kopf.

„Neal hat viel an der Uni zu tun“, versuchte sie die Lage zu erklären. „Er ist sicher nur überarbeitet.“

Am nächsten Morgen erschien Neal erst gar nicht am Frühstückstisch und ging somit einem weiteren

Zusammentreffen mit seiner Schwester gekonnt aus dem Weg.

Sie hingegen hätte gerne endlich mit ihm gesprochen. In ihr herrschte ein Chaos an Gefühlen. Zum einen fühlte sie sich hilflos, allein und beängstigt, wenn sie daran dachte, was passiert war, und zum anderen erfüllte es ihr Herz voller Leidenschaft, als sie sich immer wieder vorstellte, was ihr Bruder und sie getan hatten.

Und dass Neal nicht mit ihr reden wollte, brach ihr fast das Herz. Es fiel ihr schwer, sich auf andere Dinge zu konzentrieren, und auch ihren Freundinnen bemerkten schnell, dass Francis sehr nachdenklich geworden war.

Nur kurz konnte sie sich ablenken lassen, als sie am Morgen den neuen Schüler Thilo erneut an der Bushaltestelle traf. Er war freundlich, zugewandt – ganz unbeschwert. Francis hätte gerne mit seiner Gefühlswelt getauscht.

Am späten Abend, Francis hätte längst schlafen sollen, hielt sie es dann nicht mehr aus. Leise huschte sie über den Flur, obwohl sie sicher gehen konnte, dass ihre Eltern nichts hören würden. Jene saßen, wie fast jeden Abend, in der kleinen Bibliothek. Sie tranken Wein, hörten Musik oder sahen sich einen Film an. Manchmal ließen sie auch die geschäftlichen Angelegenheiten des Tages Revue passieren.

Dass Neal in seinem Zimmer war, wusste Francis. Sie klopfte leise an, und als ein „Ja?", ertönte, trat sie vorsichtig ein. Sie trug nur ein langes Nachthemd mit kurzen Ärmeln. Ihr Bruder hatte sie schon oft so gesehen, deswegen hatte sie keine Bedenken, in dieser Bekleidung vor ihn zu treten.

Neal saß entspannt auf seinem Bett. Auch er hatte schon seine Schlafkleidung, bestehend aus Shorts und T-Shirt an und staunte nicht schlecht, als Francis in sein Zimmer trat. In seinen Händen hielt er ein Buch, doch seine Finger verkrampften sich schlagartig, als seine Schwester in ansah.

„Was gibt's denn?", fragte er lässig, um von seiner aufsteigenden Nervosität abzulenken, dabei konnte er sich nur zu gut denken, aus welchem Grund sie ihn aufsuchte.

„Warum redest du nicht mehr mit mir?”, wollte sie wissen. Sie atmete tief aus. Die Last der letzten Tage fiel von ihr ab. Es kostete sie eine große Überwindung, den ersten Schritt zu machen und das Gespräch mit ihrem Bruder zu suchen.

Neal zuckte jedoch mit den Schultern. „Wieso? Mach ich doch!“

Francis, die inzwischen die Tür hinter sich geschlossen hatte, trat näher. Und es war, als würde sich Neal mit jedem ihrer nähernden Schritte noch mehr verkrampfen.

„Das stimmt nicht“, konterte sie gekränkt. Eindringlich sah sie Neal in die blauen Augen. „Du gehst mir aus dem Weg, seitdem d a s passiert ist.“ Sie schluckte unkontrolliert, als wäre ihre Kehle zu trocken, um weitere Worte von sich zu geben.

Und sie wusste nicht, ob sie sich schämen oder stolz darüber sein sollte, dieses Thema erneut anzusprechen.

Neal setzte sich etwas auf, das Buch ließ er nicht los. Und bei den folgenden Worten konnte er den Blick seiner Schwester einfach nicht erwidern.

„Das, was passiert ist“, fing er an, und dabei merkte er, wie schwer es auch ihm fiel, darüber zu reden und die Dinge beim Namen zu nennen, „das müssen wir vergessen.“

Es klang harsch. Er drehte sich, nahm auf der Bettkante Platz und wandte seiner Schwester den Rücken zu. „Was wir getan haben war ein Fehler. Es war absolut daneben.“ Er fuhr sich mit der freien Hand über das Gesicht. „Lass uns nicht mehr darüber reden.“

Francis’ Miene verzog sich. Sie war verzweifelt und von den Worten ihres Bruders völlig schockiert. Mit allem hatte sie gerechnet, doch mit diesem Verhalten seinerseits nicht.

Lautlos kam sie noch etwas näher, bis ihre nackten Füße an das Bett stießen. Ihre Stimme zitterte. „Aber ich dachte ...“ Erneut musste sie schlucken. Sie hatte sich nicht mehr unter Kontrolle. Tränen füllten ihre Augen und heiße, sowie kalte Schauer jagten ihren Rücken auf und ab. Es konnte alles nicht wahr sein, das konnte es einfach nicht!

Fragend blickte sie auf die schmale Statur ihres Bruders,

der sich immer noch nicht zu ihr umgedreht hatte. Wahrscheinlich war es auch gut so, dass sie sich nicht direkt gegenüber standen, ansonsten hätte Francis folgende Worte vielleicht kaum ausgesprochen.

„Ich dachte", begann sie noch einmal und senkte den Kopf dabei, „... du liebst mich."

Sie bemerkte, wie nun auch Neal zu Boden sah, wie sich seine Schultern senkten, er das Buch kraftlos fallen ließ. Sie konnte sein Gesicht nicht sehen. Sie konnte nicht sehen, wie er verzweifelt die Augen zusammenpresste, sich auf die Zunge biss und einen hilflosen Laut unterdrückte. „So etwas darfst du nicht denken", sagte er mit einer Stimme, deren Lautstärke er mit Kraft senkte. Er hätte am liebsten geschrien, doch das hätte alles nur noch schlimmer gemacht und womöglich ihre Eltern alarmiert.

Daher drehte er sich nun endlich um, sah seiner Schwester in das Gesicht und wiederholte seine Worte: „Das darfst du nicht denken."

Nun wurde er mutiger und drehte sich ganz. „Ich liebe dich nicht", sprach er weiter. „Wieso denkst du das?" Er schüttelte den Kopf. „Ich habe doch eben gesagt, dass das alles ein großer Fehler war."

Seine Worte klangen hart, doch an seiner Körperhaltung konnte man erkennen, dass er im Grunde genommen schwach war. Vielleicht sogar kraftloser als seine Schwester.

Der rannen inzwischen Tränen über das Gesicht. Mit ihrem nackten Arm wischte sie sich über die Wangen, versuchte dabei so leise wie möglich zu sein. Doch mit den Worten ihres Bruders gab sie sich nicht zufrieden. Vielleicht ungewollt, sank sie mit ihren Knien auf die Bettkante. Ihr Gesicht war noch immer auf Neal gerichtet. Sie setzte ihre Hände auf die weiche Bettdecke und kam dann auf „allen Vieren" noch ein Stück näher.

Neals Augen wurden weit, als er Francis auf sich zukommen sah. Als würde er am liebsten die Flucht ergreifen, presste er sich an die Lehne seines Bettes.

„Aber wieso hast du mich geküsst?", hörte er sie voller Verzweiflung sagen. Sie war inzwischen nah heran gekrabbelt und setzte sich ihrem Bruder gegenüber. Wieder rannen Tränen über ihr Gesicht. Sie zog die Nase hoch, wischte sich über die Augen, war sichtlich erschüttert und hilflos zugleich. „Wieso hast du mit mir geschlafen?“ Ihr Blick war durchbohrend, und Neal konnte ihm nur durch gezieltes Wegsehen entkommen.

„Wieso hast du das getan?”, fragte sie weinend. „Hat dir das denn gar nichts bedeutet?“ Sie schluchzte laut, schüttelte den Kopf und konnte die Tränen nicht abschalten. „Hast du mich nur ausgenutzt? Das kann doch nicht sein?“

Nun weinte sie hemmungslos. Ihr Wortschwall legte sich. Und da ihr Bruder nichts antwortete, fühlte sie sich in ihrer fatalen Vermutung bestätigt und schien daran zu zerbrechen.

Sie riss sich nun nicht mehr zusammen, sondern weinte laut. Wie mochte sie sich fühlen? Verletzt? Benutzt? Vielleicht wie vergewaltigt?

Neal sah kurz zur Tür. Doch sie war geschlossen. Und er konnte sicher gehen, dass seine Eltern nichts von dem ganzen Szenarium mitbekamen. Und genau der Gedanke an seine Eltern brach das bedrückte Schweigen.

„Hast du vergessen, dass ich dein Bruder bin?”, sagte er. Und es klang sogar ein wenig gereizt. „Wieso führst du dich so auf? Bist du nicht ganz dicht?“ Er deutete zur Tür. „Wenn das jemand hört! Weißt du, was dann los ist?“

Neal merkte, wie ihm wärmer wurde, wie das Adrenalin durch seine Adern schoss. Und nun geriet er richtig in Fahrt, als wolle er sämtlichen Frust der letzten Tage loswerden.

„Wir haben einmal miteinander geschlafen, ja und? Es war der größte Fehler meines Lebens, das kannst du mir glauben.“ Er strich sich das längliche Haar aus dem Gesicht und wirkte plötzlich richtig ungehalten. „Wir vergessen das alles. Es wird nie mehr darüber gesprochen, ja?“ Er sah Francis eindringlich an. „Und du hörst auf zu heulen. Das zwischen uns bedeutet überhaupt nichts, kapiert?!“

Er beendete seine drohende Rede. Weiter wäre er auch gar nicht gekommen. Francis, die ihm die ganze Zeit voller Entsetzen zugehört hat, sah ihn nur sprachlos an. Und es war, als blickte sie einem Fremden in das Gesicht.

Tränen, die einen kurzen Moment getrocknet waren, traten sofort wieder in ihre roten Augen. Sie schluchzte auf und wandte sich ab.

„Du bist so ein Schwein!", fuhr es noch aus ihr heraus, dann drehte sie sich um. Fluchtartig krabbelte sie aus dem Bett, dabei verhakte sich ihr Fuß in der Decke. Unglücklich fiel sie auf den Boden, doch genau so schnell kam sie auch wieder auf die Beine. Ihre Sicht war durch die Tränen verschwommen, trotzdem wollte sie nur noch eins – das Zimmer so schnell wie möglich verlassen. Als sie nach der Tür tastete, spürte sie dabei einen festen Griff an ihrem Arm. „Warte!" Es war Neal. Und eh sie sich versehen konnte, riss er sie herum und drückte sie fest an sich.

„Es tut mir Leid", hörte sie ihn sagen. Sie spürte seine Umarmung wie eine wärmende Macht, die augenblicklich Besitz von ihr ergriffen hatte. Aus verweinten Augen sah sie ihn an, und nun konnte sie auch Tränen in seinen Augen erkennen.

„Das ist doch alles nicht wahr", gestand er schließlich seufzend. „Vergiss, was ich eben gesagt habe."

Er hielt sie fest und sah kurz auf zur Decke. Er kämpfte sichtlich mit den Tränen und gab sich Mühe, dass sie sich nicht lösten. „Natürlich bedeutest du mir viel", brach es dann aus ihm heraus. „Ich hätte sonst nicht mit dir geschlafen."

Er blickte sie an. Und ihre Tränen stoppten. Sie sah unheimlich erleichtert aus, wenn auch noch ziemlich mitgenommen.

„Ich bin kein Schwein", fuhr er fort. „Ich hätte dich niemals benutzt."

Er schluckte und besiegte somit den Kampf mit den Tränen. Sein Körper zitterte leicht, als die Anspannung von ihm abfiel, dann senkte er sein Gesicht und küsste Francis' Lippen, die von den Tränen ganz salzig schmeckten.

Nur zögernd erwiderte sie den Kuss, dann ließ Neal ab von ihr. Er griff sich seine Zigaretten, die auf dem Schreibtisch lagen. Als er das Fenster weit geöffnet hatte, zündete er sich eine an.

„Und trotzdem ist das nicht gut", sagte er. Er ließ sich

wieder auf das Bett nieder. Deutete neben sich, so dass Francis folgte und sich zu ihm setzte.

Ein klärendes Gespräch war dringend nötig. Das wussten sie beide nur zu gut.

„Ich hab eben Scheiße geredet, vergiss es." Er schloss kurz die Augen, als müsse er seine Gedanken sammeln, dann fuhr er fort:

„Wir stecken wohl etwas in der Klemme." Er lächelte leicht, und es sah sogar schadenfroh aus. Nachdenklich zog er an seiner Zigarette.

„Du weißt sicher, dass Liebe zwischen Geschwistern verboten ist."

Francis nickte. Gebannt hörte sie zu, was ihr Bruder nun zu sagen hatte.

„Auch wenn wir Gefühle füreinander haben", sprach er weiter, „dürfen wir das nicht zulassen." Er machte eine kurze Pause, in dem er nochmals an seiner Zigarette zog. Nur langsam kam er wieder zur Ruhe. „Das, was zwischen uns passiert ist, darf nicht noch einmal geschehen, verstehst du?"

Er sah seine Schwester an, doch die schien ihm gar nicht zuzuhören. Sie sah ihn nur still an, lächelte, dann strich sie ihm liebevoll über die Wange.

„Francis, bitte!"

Er nahm ihre Hand und legte sie zurück auf ihren Schoß. Ein letztes Mal zog er an der Zigarette, bevor er sie ausdrückte.

„Wir dürfen uns nicht lieben", versuchte er einen erneuten Erklärungsversuch. „Ich mache mich strafbar. Du bist minderjährig und mit mir verwandt. Zudem wäre es ein Skandal, wenn es raus kommen würde." Er dachte an mögliche Reaktionen seiner Eltern, die viel zu sehr in der Öffentlichkeit standen und solche Begebenheiten unmöglich akzeptieren konnten. Er sah betroffen zu Boden. „Nein, das geht nicht. Es geht einfach nicht. Wir dürfen das nicht."

Er sprach es mehr zu sich, als zu seiner Schwester, deswegen sah er sie noch einmal genau an und sagte: „Hast du mich verstanden? Wir dürfen das nicht."

Sie nickte still. Und für wenige Sekunden sahen sie sich

an, als wäre alles geklärt. Doch als Neal ihre grünen Augen betrachtete und unwillkürlich daran dachte, wie schön es gewesen war mit ihr zu schlafen, wurde er schwach und gleichzeitig erregt.

Und im nächsten Moment küssten sie sich erneut. Innig und fordernd.

„Ich glaub das einfach nicht“, kam es über Neals Lippen. Er keuchte, strich durch ihr Haar und konnte nicht glauben, wie sehr ihn dies alles erregte. Sie sanken zurück auf das Bett, wo sie sich küssend auf der Decke räkelten. Er wusste genau, dass er Verbotenes tat, doch mit Schrecken musste er feststellen, dass ihn genau das reizte. In dem Moment, in dem er daran dachte, damit aufhören zu müssen, steigerte sich seine Lust um das doppelte.

Seine Hände konnten sie nicht schnell genug entkleiden. Und wieder war er fasziniert von ihrer Schönheit und der Tatsache, dass sie trotz ihres jungen Alters, schon über derartige Sehnsüchte verfügte.

Sie berührten sich voller Leidenschaft, als könnten sie nicht glauben, was in jenem Moment mit ihnen geschah. Und dennoch war Neals Gesicht von Zweifel geplagt.

„Wir dürfen das nicht tun“, sagte er erneut, doch es war mehr ein Flüstern. Am liebsten hätte er verdrängt, dass sie Geschwister waren. Aber da sie sich fortwährend an ihn drängte, ihn streichelte und immer wieder küsste, gab er nach. Ihre Haut war warm, und sie zitterte in seinen Armen.

Seine Hände ertasteten ihren Spalt, und er rieb an ihr, bis sie die Augen schloss und laut seufzte. Dass es sie erregte, spornte Neal an. Während er sie weiter reizte, saugte er an ihren Brustwarzen, und immer wieder trafen sich ihre Lippen für innige Küsse.

Als sie tiefer zu atmen begann und eine sanfte Röte ihre Wangen bedeckte, merkte Neal, wie sich ihr Körper anspannte. Ihre schmalen Hände griffen nach dem Laken, an dem sie sich hilflos festkrallte. Sie spreizte ihre Beine, und dieser Anblick raubte Neal den Verstand.

Er beugte sich über sie, und während er sie weiter küsste, senkte sich sein Körper. Als er auf ihr lag, drang er vorsichtig in sie ein. Sie stöhnte auf.

Mutig nahm er sie nun mit kräftigen Stößen und vergaß alle Vorsätze, die er sich gemacht hatte.

Das quälende Gefühl in ihm, welches er Tage lang mit sich herum geschleppt hatte, löste sich langsam in Luft auf. Und ihm wurde klar, dass er seine wirren Gedanken nur besänftigen konnte, indem er erneut mit ihr schlief.

Doch das schöne Gefühl wurde auch überschattet von einem großen Pflichtbewusstsein. Als Neal am nächsten Morgen erwachte, war Francis nicht mehr da, und er erleichtert. Er mochte sich gar nicht vorstellen, was passieren würde, wenn seine Eltern von der Angelegenheit erfahren würden.

Trotzdem stand er zügig auf, denn ebenso spürte er eine neuartige Sehnsucht in sich wachsen.

Es war Wochenende und niemand der Familie Anderson in Eile. Peter sah überrascht auf, als sein Sohn früh die Treppe herunter kam und über das ganze Gesicht strahlte.

„Morgen!", grüßte er laut, dann nahm er Platz. Sein Blick heftete sich zuerst an seine Schwester, die ihn mit großen Augen anstarrte, als erwartete sie, dass Neal erneut das Schweigen zwischen ihnen begann – doch im Gegenteil. Er blinzelte ihr ermunternd zu.

„Heute Abend treten wir mit der Band auf", erzählte Neal dann aufgeregt. Seine Hand griff nach einer Scheibe Brot. Er hatte schlanke Hände, schlanke Finger und einen sehr schmalen Oberkörper. Er trug ein schwarzes Hemd, welches seine Figur stark betonte.

Und er spürte, wie seine Schwester seinen Anblick genoss.

„Vielleicht kann Francis mitkommen – ich pass auch auf!"

Erwartungsvoll sah er seine Eltern an. Stephanie nickte verhalten, und damit war die Sache genehmigt.

Die Warteschlange vor dem „Slime" war lang, und als

Neal, André, Richard und Francis an den anstehenden Jugendlichen vorbei gingen, ertönten Pfiffe, Zurufe und einige Hände versuchten sie festzuhalten.

Neal blieb gelassen. Er drehte sich um und lächelte: „Jeder von euch kommt rein, aber die Band muss eben zuerst an Ort und Stelle sein!“

Der Türsteher nickte ihnen zu, und schon verschwanden sie im Eingang.

Neals Band „The Drowners“ war aus einer Schülerband entstanden. Er und Richard kannten sich aus der Schulzeit, und sie beide verfolgten keinen sehnlicheren Wunsch, als mit ihrer Musik berühmt zu werden.

Doch bis jetzt wurden sie lediglich für Parties oder Stadtfeste engagiert.

Auftritte in Discotheken oder außerhalb der Stadt waren eher Seltenheit.

„Müssen die Scheinwerfer nicht etwas heller?”, schrie Neal nun durch den Raum. Er betrachtete die Bühne kritisch.

„Das können wir noch gerne ändern.“

Tim, der DJ des Clubs und gleichzeitig für die Lichtanlage zuständig, verschwand sofort hinter dem Mischpult.

Neal nickte zufrieden. Für ihn musste immer alles perfekt sein. Dann ging er vor zu dem kleinen Backstage Bereich. Dort warteten schon Nils, der Drummer und Finn, der Gitarrist.

Sie nahmen sich alle ein Bier, das extra für sie zur Verfügung gestellt wurde. Nur Francis stand still in der Ecke und rührte sich nicht. Doch Neal hatte ständig ein Auge auf sie, und wenn niemand hinsah, dann nahm er ihre Hand oder strich ihr zärtlich über die Wange.

Der Slime–Club war bekannt für seine Independent Szene. Regelmäßig fanden hier Brit-Pop, Grunge oder Alternative-Parties statt, auch wenn das Publikum sehr eintönig war.

„The Drowners“ hatten hier schon öfter gespielt und passten hervorragend in das Etablissement mit Plüschsofas,

Glittervorhängen und Union Jack-Emblemen, wo man nur hinsah. Hier war irgendwie alles „english“.

Die meisten Jugendlichen trugen Schlaghosen und eng anliegende Oberteile. Die Haare hatten sie wie die Beatles frisiert, an Getränken bevorzugten sie Guinness Bier oder Cider.

Und als Neals Band zu spielen begann, wippten alle mit den Köpfen und genossen sowohl die eingängige Musik, als auch Neals klare Stimme.

Doch der Sänger der „Drowners“ konnte sich nicht wirklich konzentrieren. Immer wieder fiel sein Blick auf Francis und André, die etwas abseits der Bühne standen. Beide Personen ließen ihm keine Ruhe. Und Neal wurde noch nervöser, als er plötzlich Charlie neben seiner Schwester sah.

Und kaum war der letzte Ton nach gut einer Stunde gespielt, eilte Neal von der Bühne.

In nur wenigen Sekunden war er bei André und Francis angekommen, und bevor Neal auch nur überlegen konnte, was er tat, fasste er Charlie am T-Shirt, wirbelte ihn herum und stieß ihn dann kräftig von sich.

Charlie verlor sofort die Kontrolle über seinen Körper. Er taumelte ein paar Schritte rückwärts und fiel dann hilflos gegen einen Barhocker, den er krachend mit zu Boden riss.

Nur wenige Leute bekamen das mit. Die Musik, die inzwischen von dem DJ aufgelegt wurde, war laut, und zwischen dem Gedränge bekam man diese Auseinandersetzung kaum mit.

Neals Leib bebte.

„Hab ich dir nicht schon mal gesagt, du sollst sie ihn Ruhe lassen!?“

Er sah Charlie böse an, doch erwartete er keine Antwort. Er ließ den Jungen einfach auf dem Boden liegen und wandte sich dann um.

André war der erste, der Neal fassungslos gegenüber trat.

„Bist du nicht ganz dicht?“ Er sah an Neal vorbei, wo sich im Hintergrund nun Charlie langsam aufrichtete. „Wenn der Typ sich verletzt hat, bist du dran.“

Neal winkte ab. Sein Gesicht zeigte Zorn. „Das ist mir so was von egal.“

Er nahm Kurs auf seine Schwester, nahm sie bei der Hand. Dann zog er sie hinter sich her.

„Wir sind kurz draußen!”, warf er André noch entgegen, dann war von den Geschwistern nichts mehr zu sehen.

Vor dem Club atmete Neal die klare Luft ein, dabei merkte er allerdings, dass ihm eher nach einer Zigarette zumute war. Während sie ein paar Schritte gingen, entflammte er sein Feuerzeug um sich eine anzuzünden.

„Das war nicht nett von dir“, unterbrach Francis schließlich die Stille zwischen ihnen. „Charlie hat dir nichts getan, und außerdem ist er viel jünger als du.“

Da blieb Neal stehen. Mit zusammen gekniffenen Augen fixierte er sie.

„Charlie hat nichts bei dir zu suchen. Muss ich mich erst wiederholen?“

Er zog an seiner Zigarette und ging dann weiter.

„Du bist eifersüchtig.“ Francis grinste, und sie drehte schnell ihren Kopf zur Seite, damit ihr Bruder ihre Erheiterung nicht sah, doch Neal schüttelte auch sogleich den Kopf.

„Quatsch.“

Inzwischen waren sie an Neals Auto angekommen. Er schloss auf, setzte sich und schaltete das Autoradio leise ein. Francis folgte und nahm auf dem Beifahrersitz Platz.

„Willst du nicht zurück?”, fragte sie vorsichtig.

Ihr Bruder zuckte mit den Schultern.

„Keine Ahnung.“ Eine kurze Pause folgte. „Eigentlich war ich heute gut drauf, aber jetzt ...“

Seufzend schnipste er seine Zigarette aus dem Autofenster, dann drehte er seinen Kopf. Irgendwas an seinem Blick sah traurig aus.

„Ist es wegen mir?”, wollte Francis sofort wissen.

Erneut hob Neal die Schultern. Im Schein des Mondes wirkte seine Haut ganz glatt und weiß, seine Augen dunkel. Seine schwarze Kleidung verlieh ihm etwas Mysteriöses.

Francis streckte ihre Hand nach ihm aus. Und er griff sofort zu, zog sie zu sich heran, um sie leidenschaftlich zu küssen.

Doch schon nach wenigen Sekunden schob er sie wieder von sich.

„Man könnte uns hier sehen“, sprach er, und es klang resignierend. Doch als er das enttäuschte Gesicht seiner Schwester sah, drehte er sich kurz entschlossen zum Lenkrad, nahm den Schlüssel und startete den Wagen.

„Scheiß drauf!”, entwich es ihm. Er fuhr eilig aus der Parklücke. Mit quietschenden Reifen verließen sie den Parkplatz. Neal fuhr auf die Landstraße und nach wenigen Metern bog er wieder in einen Feldweg ab. Dort hielt er an. Sein Herz pochte.

„Ich habe mich lange nicht mehr so komisch gefühlt“, gab er zu verstehen. Seine Hände ließen das Lenkrad los. Erschöpft lehnte er sich zurück.

Er wusste genau, warum er hier her gefahren war, doch nun verließ ihn der Mut und das schlechte Gewissen nagte an seinem Verstand.

Und es war Francis, die sich als erstes wagte. Mit ihrer schmalen Hand berührte sie seinen Oberschenkel. Dann kam sie näher, um seinen Hals zu küssen.

Er atmete geräuschvoll aus.

„Wenn du so weiter machst, kann ich mich wieder nicht beherrschen.“

Francis kicherte, sie fuhr mit ihrer Hand aufwärts und schließlich über die leichte Ausbuchtung von Neals Hose.

„Gestern hast du mich sehr glücklich gemacht“, sagte sie leise. Es klang ernst, und Neal erkannte das Funkeln in ihren Augen. Und sogleich bereute er es ein wenig, dass er sie am Abend zuvor mit besonderer Sorgfalt bedacht hatte.

„Es kann auch mal passieren, dass du danach nicht glücklich bist“, konterte er. Fast unbemerkt schob er ihre Hand weg. Unmöglich durfte er wieder schwach werden, obwohl er es körperlich schon längst war. „Und ein Auto ist nicht der passende Ort, um ...“

Er unterbrach seinen Satz und schüttelte nur den Kopf.

Was gab er für einen Blödsinn von sich? Wie oft hatte er es schon im Auto getrieben, und es hatte ihm gefallen.

„Was ist denn mit dir?“ Ihre Augen waren plötzlich groß. Unsicher legte sie ihre Hände in den Schoß.

„Ich habe Angst“, gab Neal eindeutig zu verstehen. Er fasste sich an den Kopf. „Was wir machen ist Wahnsinn – ich weiß einfach nicht weiter und ...“

Er biss sich auf die Lippe. Verstört wanderte sein Blick nach draußen, doch Francis’ Stimme holte ihn sofort in die Wirklichkeit zurück.

„Ich habe auch Angst“, sagte sie, und wieder näherte sich ihre Hand. „Aber ich hab dich doch so gern.“

Nun versuchte sie, ihn zu umarmen, was ihr von dem Beifahrersitz aus recht schwer fiel.

Daraufhin konnte sich auch Neal nicht mehr zusammen reißen.

„Komm‘“, forderte er sie auf. Dann stieg er aus dem Wagen. Aus dem Kofferraum nahm er eine Decke, die er sorgfältig auf dem Boden ausbreitete. Unmöglich wollte er seine Schwester im Auto befummeln. Das schien ihm unter seiner Würde. Er wollte ihr das Beste bieten, was in ihrer Situation nur möglich war.

Und im nächsten Moment war sie da, sank auf die Decke nieder und breitete die Arme nach ihm aus.

„Es ist kühl“, sagte er, während er sich zu ihr legte und die Umarmung erwiderte.

„Dann musst du mich wärmen.“ Vorsichtig führte sie Neals Hand zwischen ihre Beine. Das Eis war erneut gebrochen, und Neal konnte sich kaum noch unter Kontrolle bringen. Er küsste sie wild, glitt mit seinen Fingern unter ihren kurzen Rock, dann in ihren feuchten Spalt und hätte sich am liebsten sofort auf sie gelegt, doch ein Gedanke ließ ihm keine Ruhe.

Er griff in seine Jackentasche, um ein Kondom hervor zu ziehen.

„Wir sollten das besser benutzen ...“, stammelte er. Mit zittrigen Händen öffnete er die kleine Packung, und war sichtlich froh darüber, dass er diesmal daran gedacht hatte.

Francis hingegen verzog das Gesicht. Sie wusste, wozu es gut und nötig war. Trotzdem verspürte sie Unbehagen; war sie doch noch nie zuvor mit einem derartigen Gegenstand in Berührung gekommen.

„Das mag ich nicht." Angeekelt sah sie das Präservativ an, welches sich Neal nun überstreifte.

„Das muss sein", bekam sie zur Antwort, und schon spürte sie Neals Lippen, die sie ablenkten.

Als er tief in sie eindrang, merkte sie das Gummi nicht.

Und obwohl ihr Bruder an diesem Abend keinen großen Wert auf ein Vorspiel legte, wurde ihr Verlangen zutiefst befriedigt.

Als er wieder von ihr glitt, seufzte sie zufrieden. Von Kälte war keine Spur mehr.

„Ich gehe morgen gleich zum Arzt", sagte sie. Es klang verträumt und irgendwie ganz erwachsen.

„Wieso?" Neal richtete sich fragend auf.

„Ich hole mir die Pille, dann brauchen wir keine Kondome mehr."

Francis sagte das mit so einer Selbstverständlichkeit, dass es Neal fast schockierte. Er erhob sich rasant, und es war, als würde er von seinem Liebesrausch geheilt und wieder absolut nüchtern sein. Das Kondom schmiss er mit einem verbissenen Ausdruck in die Büsche, dann schloss er seine Hose.

„Das machst du nicht", sagte er bestimmend. „Du bist zu jung für Hormone."

Er strich sich durch sein Haar. Als er seine Schwester auf der Decke liegen sah, überkam ihn erneut ein ungutes Gefühl.

„Außerdem – soll das ja nicht zur Gewohnheit werden."

Er drehte sich weg, stieg ins Auto und nahm hinter dem Steuer Platz. Er gab Francis zu erkennen, dass er den Ort des Geschehens so schnell wie möglich verlassen wollte.

Als Neal nach einiger Zeit in den Club zurückkam, war es dort leerer geworden. Die letzten Gäste hatten schon einiges getrunken, und hier und da trauten sie sich, Neal auf die hervorragende Leistung der Band hin anzusprechen. Doch er hatte in diesem Moment wenig Lust auf Small Talks, und wenig später kam auch schon André auf ihn zu.

„Wo ist denn Francis?", fragte er ganz aufgebracht.

„Ich habe sie nach Hause gefahren", erklärte Neal. Er nickte Richard zu, der nun auch in der Menge auftauchte und Neal ein Bier reichte.

„Was geht denn da ab zwischen euch?", wollte André weiter wissen. Und seine Stimme klang weniger neugierig als tadelnd.

Neals tat ahnungslos. Nur so, dachte er, konnte er sich aus dieser verfänglichen Lage befreien. Doch er kannte auch André, und dem konnte man so schnell nichts vormachen.

„Du bist doch verknallt!", schrie André ihm plötzlich mitten in das Gesicht. „Du bist in deine eigene Schwester verknallt!"

„Spinnst du!?" Neal schrie gegenan. Einige der Clubbesucher drehten sich um. Die Situation hätte nicht peinlicher sein können.

„Mich lehnst du ab, aus Angst vor Gefühlen", fuhr André entrüstet fort – seine Lippen bebten – „und mit ihr machst du rum, ohne schlechtes Gewissen?"

Er schüttelte den Kopf. Sein Gesicht zeigte Zorn. Vor Wut drangen ihm Tränen in die Augen.

„Das stimmt doch nicht!" Neal versuchte, die Lage zu klären, doch dafür war es längst zu spät.

„Du bist das allerletzte!"

André nahm sein Sektglas, schüttete den Rest des Inhaltes filmreif über Neals Hemd, dann ließ er das Glas fallen und flüchtete.

Richard brach augenblicklich in starkes Gelächter aus.

„Was hat der denn?" Er sah André grinsend hinterher, dann sah er amüsiert auf Neals nasses Hemd.

Neal hingegen war das Lachen längst vergangen. Eilig bahnte er sich einen Weg durch die Gäste, doch als er vor dem Club trat, sah er André nur noch in ein Taxi steigen und davonfahren.

III.

Am Sonntag verließ Neal dann erst spät mittags das Haus. Er war immer noch am Grübeln. Über Francis, über die Sache mit André, und als er im Übungsraum der Band ankam, schien ihn dort auch nur Chaos zu erwarten.

Richard und Nils hatten eine laute Auseinandersetzung. Die Drums waren komplett auseinander gebaut. Nils Bruder kam Neal die Treppen entgegen. Er trug einige Teile des Schlagzeugs nach draußen.

„Ich such mir was anderes!", beschloss Nils. „Ihr seid mir einfach zu arrogant. Außerdem beginnt mein Studium nach den Ferien, da habe ich sowieso keine Zeit mehr für euch."

Er schnappte sich ebenfalls ein paar Teile des Schlagzeugs und war dann verschwunden.

„Was ist denn hier los?" Neal sah sich sprachlos um.

„Nils hat die Band verlassen. Ich habe von dem Tape erzählt – ihm war das wohl alles zu professionell."

Richard schüttelte den Kopf. Doch er blieb auch in dieser Situation recht ruhig. Das schätzte Neal an ihm.

„Na ja, besser jetzt, als wenn wir nach England müssen, und er kurzfristig abspringt."

Neal setzte sich auf einen der Stühle und blickte auf die leere Ecke, in der noch eben die Drums standen.

„Hast du die Demos für England schon weggeschickt?", fragte er beiläufig.

Richard wandte sich ein bisschen, was mit seiner pummeligen Figur ziemlich komisch aussah. „Äh, nicht ganz ... Mir fehlen noch die Briefmarken."

Neal lächelte. Sein Freund war stets knapp bei Kasse, gab ständig Geld für Computerteile aus und hasste es, seine Eltern um eine Unterstützung zu beten. Neal reichte ihm ein paar Geldscheine. „Das müsste wohl reichen."

„Danke!"

Und nun meldete sich endlich auch Finn zu Wort. Er hatte die ganze Zeit hinter dem Mikrophonständer gestanden und nichts gesagt.

„Wieso England?", fragte er perplex.

„Denkst du, die deutschen Plattenfirmen werden von unserer Musik begeistert sein?“ Neal verzog das Gesicht. „Mit viel Glück vielleicht.“ Er stand auf und kam näher. „Aber in England, da wird man unseren Sound mögen. Da bin ich mir sicher.“

Er nickte zufrieden, und auch Richard stimmte zu.

„Wie stellt ihr euch das denn vor?“ Finn war außer sich. „Mich hat niemand gefragt, ob ich ins Ausland möchte!“

Neals Augen wurden weit. Er glaubte einfach nicht, was er hörte. Wie hatte er sich bloß in seinen restlichen Bandkollegen so irren können? Sofort kam die Wut in ihm hoch.

„Dann bleibst du eben hier!”, rief er ungehalten. „Wir werden einen anderen Gitarristen finden. Einen besseren!“

Das ließ sich Finn nicht zweimal sagen. Er schnappte sich seine Gitarre, packte sie wortlos ein und wandte sich dann der Treppe zu. „Den Verstärker hole ich morgen ab“, sagte er noch, und es hörte sich sogar erleichtert an.

Als er verschwunden war, sahen sich Neal und Richard schweigend an.

Ein paar Minuten wussten sie überhaupt nicht mehr, was nun zu tun sei, doch dann hatte Neal eine Idee.

„Okay, die Tapes für England mischen wir neu.“ Er setzte sich, sah an die Decke und schien sich alles bildlich vorzustellen. „Ich übernehme die Gitarrenparts, die Drums ersetzen wir durch einen Synthesizer. Neue Musiker suchen wir erst, wenn es ernst wird.“

Richard strahlte über das ganze Gesicht. „Das klingt perfekt.“

Am Montag saß die Familie wieder zusammen am Frühstückstisch. Und Neal wäre eigentlich auch guter Laune gewesen, hätte ihn das sanfte Lächeln seiner Schwester nicht wieder daran erinnert, was vorgefallen und noch immer nicht aus der Welt geschafft war. Zudem wurmte ihn die Sache mit André. Auch dort stand ein klärendes Gespräch aus. Neal hätte sich am liebsten wieder hingelegt, um all den Tatsachen aus dem Weg zu gehen.

Doch er war kein Feigling, und er war sich zu diesem Zeitpunkt auch noch sicher, dass er all diese Probleme bewältigen könnte.

Als er den letzten Schluck Kaffee genommen hatte, stand er auf.

„Ich nehme dich mit zur Schule." Es galt seiner Schwester, die auch sogleich aufsah. Da Stephanie schon in der Firma war, ertönte diesmal kein Widerspruch. Peter sah seine Kinder stattdessen freundlich an. Er hatte bis jetzt nie etwas dagegen gehabt, dass die Geschwister etwas miteinander unternahmen.

„Wo warst du denn gestern?", fragte Francis sofort, als sie auf dem Weg zum Auto waren.

„Ich hatte einiges zu klären mit der Band", erzählte Neal. Und als sie im Wagen saßen, startete er einen erneuten Versuch, die brenzlige Situation zwischen ihnen zu entschärfen.

„Es fällt auf, wenn wir jeden Tag etwas zusammen machen", fing er an. Nur beiläufig dachte er daran, dass es schon in seinem Bekanntenkreis aufgefallen war. „Und außerdem habe ich doch gesagt, dass das ein Ende nehmen muss."

Er sah verbissen aus dem Fenster, denn er konnte sich denken, dass Francis mit seinen Worten unzufrieden war. Und sie schaltete sich auch sofort dazwischen.

„Du sprichst ständig davon, es zu beenden, aber du tust es nicht", warf sie ihm vor. Mürrisch verschränkte sie die Arme vor ihrem Bauch. Nun sah sie aus wie ein kleines Mädchen, doch ihr Verhalten war um einiges reifer. „Ich kann auch nichts dafür, dass ich mich in dich verliebt habe!" Ihr Tonfall wurde lauter, doch sie fing sich ganz schnell wieder.

Und erneut kam das Thema Liebe auf den Tisch. Konnte das denn möglich sein? Konnte das wirklich alles wahr sein?

„Ich mache dir ja gar keine Vorwürfe." Neal gab klein bei. Er sagte nichts mehr. Unmöglich konnte er seiner Schwester die alleinige Schuld an der Sache geben und zudem merkte er deutlich, dass er gegen seine Gefühle nicht mehr ankämpfen konnte – so sehr er es auch gewollt hätte.

Und die Situation eskalierte fast, als sie das Gelände verließen und Thilo ihren Weg kreuzte.

Da rief Francis erfreut auf. „Halt an, Neal! Lass uns Thilo mitnehmen!“

Neal trat auf die Bremse, doch nicht aus Höflichkeit, sondern vor Wut.

„Wer ist das denn jetzt?”, rief er verstört, dabei fixierte er den hellblonden Jungen, der auch schon auf dem Weg zu ihnen war.

„Thilo geht auf meine Schule. Er ist neu hierher gezogen“, erklärte Francis. Sie winkte ihrem Mitschüler zu und deutete auf den Rücksitz. Thilo öffnete die Tür und stieg ein.

„Danke, dass ihr mich mitnehmt“, sagte er freundlich.

„Bilde dir bloß nichts darauf ein“, bekam er zur Antwort, dabei erhaschte er den finsteren Blick von Neal im Rückspiegel.

Inzwischen fühlte sich Neal schon von seiner schlechten Laune verfolgt. Als er den Vormittag an der Uni verbrachte, hielt er vergeblich Ausschau nach André, doch der schien nicht anwesend zu sein. Und als Neal am frühen Nachmittag zur Schule fuhr, erblickte er neben den anderen Schülern nur Ruth und Lissy, doch keine Spur von seiner Schwester.

Mit seiner schwarzen Corvette fuhr er dicht an die Mädchen heran und rief:

„Wo ist Francis?“

Lissy traute sich gar nicht zu Wort, so einen Respekt hatte sie vor dem älteren Bruder ihrer Freundin, doch Ruth kam sofort näher und lächelte vergnügt.

„Francis ist schon weg. Sie wollte noch zum Arzt.“

Neals Stirn legte sich in Falten. „Was? Wieso das denn?“

Ruth zuckte mit den Schultern. „Keine Ahnung, auf mich wirkte sie kerngesund.“

Neal bedankte sich und fuhr fort. Die Kleine zieht das wirklich durch! , durchdrang es sein Gehirn, und dann schlich sich sogar ein Grinsen auf sein Gesicht. Er konnte sich denken, bei welchem Arzt Francis war und vor allem – warum. Und der Gedanke daran gefiel ihm plötzlich. Er beschloss, ihr nicht mehr ins Gewissen zu reden.

Danach versuchte er sein Glück noch einmal bei André, doch der öffnete selbst nach mehrmaligen Klingeln nicht die Tür.

Neal entschied sich, erst gar nicht wieder nach Hause zu fahren. Er besuchte Carsten, und gemeinsam warteten sie auf den Abend, wo es sie erneut in den Club lockte.

Sie hatten schon einige Biere getrunken, als Neal wachsam wurde. Die anderen Jungs interessierten ihn an diesem Abend nicht sonderlich, doch als er wenige Meter von sich plötzlich André erblickte, staunte er nicht schlecht.

„Da ist er ja“, kam es aus ihm heraus. „Den ganzen Tag habe ich versucht, ihn zu erreichen.“

Neal schüttelte den Kopf. Zudem sah er, wie sich André, bekleidet mit einem dunkelblauen Pailletten-Oberteil und knallenger, schwarzer Jeans, ziemlich offensichtlich an einen Typen heranmachte. Neal reckte seinen Hals. Er konnte sehen, wie sie zusammen lachten und sich tief in die Augen sahen.

„Mir macht er eine Szene, und sich selbst tröstet er mit so einem Macker!“ Neal fluchte, was sofort allgemeine Erheiterung bei Carsten auslöste.

„Ihr seid mir ein Pärchen – zusammen geht es nicht und auseinander erst recht nicht.“

Neal winkte ab. Ob Carsten mit seiner Andeutung Recht hatte, darüber wollte er eigentlich gar nicht wirklich nachdenken. Doch als er mitbekam, dass André mit dem anderen Mann den Club verließ, wurde er sichtlich unruhig.

„Was soll das denn jetzt?“ Er sah den beiden unzufrieden hinterher und drehte sich dann vorwurfsvoll in Carstens Richtung. Der hob resignierend die Hände.

„Dein kleiner Freund scheint sich wirklich schnell zu trösten – ich kann nichts dafür!“

Neal war richtig aus der Puste geraten, als er die

dunklen Gassen entlang geeilt und schließlich an dem Haus, wo André wohnte, angekommen war, dort aber kein Licht brannte.

André und der Fremde hatten ein Taxi genommen; das war keine halbe Stunde her.

Neal klingelte stürmisch, und schließlich surrte der Türöffner, so dass er eintreten konnte.

André wohnte im dritten Stock. Vorsichtig öffnete er die Tür und spähte hinaus, war deutlich erstaunt, als er Neal erblickte.

„Du?"

„Ja!" Neal drängelte sich an ihm vorbei und betrat die Wohnung. Dort sah er sich gründlich um. „Wo ist der Typ?", fragte er ungehalten, als er von dem fremden Jungen nichts sah.

André gähnte gequält. Er war schon ungeschminkt, trug einen Bademantel. Das alles wies darauf hin, dass er nach seiner Heimkehr gleich zu Bett gehen wollte.

„Er ist mit dem Taxi weiter – zu irgendeiner Party."

„Ach so." Neal entspannte sich. Diese Nachricht kam unverhofft und doch erleichterte sie ihn in einer merkwürdigen Art und Weise.

„Dachtest du, ich ziehe mit dem hier eine Nummer ab?"

Neal zuckte mit den Schultern. Unmöglich mochte er zugeben, dass ihn ein derartiger Gedanke gequält hatte. War das etwa anfängliche Eifersucht? Was war nur plötzlich mit ihm los? Schnell verdrängte er diese Eingebung. Er war froh, dass André ihn überhaupt reingelassen hatte.

„Ich wollte unbedingt mit dir reden", fing er nun das Gespräch an, was er schon längst hinter sich gebracht haben wollte. Doch André winkte ab. Er sah müde aus und irgendwie traurig. Er legte sich auf das Bett, zog die Beine dicht an seinen Körper und schloss die Augen, als wolle er gar nichts hören.

„Du musst mir nichts erklären", sagte er leise, „warum auch immer du plötzlich deine Schwester liebst – bei der ganzen Sache habe ich doch sowieso nichts zu melden."

Er verzog kurz das Gesicht, als wolle er laut schluchzen,

doch kein Ton kam über seine Lippen.

„Denkst du, für mich ist das leicht?", konterte Neal. Er bediente sich an einem der Küchenschränke, nahm eine Tasse heraus und erhitzte sich einen Pulverkaffee in der Mikrowelle. Das Bier, welches er bei Carsten und im Club getrunken hatte, zeigte seine volle Wirkung, doch er wollte einigermaßen klar bei Sinnen sein, während er mit André sprach.

„Ich fühle mich wie der letzte Arsch", erklärte er. „Seit Tagen wandle ich herum wie ein Zombie. Ich habe ein gutes Gefühl mit Francis – sie mag mich doch auch – und trotzdem darf das alles nicht sein." Er fuhr sich seufzend über die müden Augen, dann nahm er einen Schluck des heißen Kaffees. „Und am wenigsten möchte ich dich verletzen."

Nun drehte er sich und sah André an, der bis zu dem Kopf zugedeckt war, doch seine Augen blinzelten wachsam. „Meinst du das ernst?", fragte er unsicher.

Neal nickte und kam dann näher. Er setzte sich auf das Bett, nahm Andrés Kopf auf den Schoß und strich durch dessen Haar. „Ich wäre wohl sonst nicht hier, oder?"

André zuckte nur mit den Schultern. Er sah unzufrieden aus, dennoch genoss er Neals Nähe. Und nach wenigen Minuten war er fest eingeschlafen, so dass er nicht mehr mitbekam, wie sich Neal Rum in den Kaffee mixte.

Er machte kein Licht. Ohnehin konnte er die Augen kaum öffnen. Auf dem Weg zu seinem Bett, legte er die Kleidung ab. Er sparte sich den Gang ins Badezimmer und fiel sofort auf die Matratze. Umständlich kroch er unter die Decke, dabei bemerkte er, dass sie warm war und sich in seinem Bett schon jemand befand. Es war Francis, die ihn sofort umarmte und auf den Mund küsste.

„Ich dachte, du kommst nicht mehr", hörte er sie sagen. Der Klang ihrer Stimme war lieblich. Er spürte ihre Sehnsucht. Und doch konnte er ihre Leidenschaft zuerst nicht erwidern.

„Ich bin betrunken", sagte Neal. Er rollte auf die Seite, alles drehte sich. Er horchte in sich hinein und stellte erleichtert fest, dass ihm nicht schlecht war, dennoch hämmerte sein Kopf schmerzhaft.

„Warst du bei André?", wollte Francis nun wissen. Und Neal nickte.

„Ja, er weiß, was zwischen uns ist und nimmt sich das zu Herzen ..."

Neal lachte. Es sollte gleichgültig klingen, doch Francis merkte sofort, dass ihr Bruder mit Andrés Verhalten überhaupt nicht klar kam.

„Ich habe nie gesagt, dass ich was von ihm will!", fuhr es nun aus ihm heraus.

„Psst!", machte Francis. Vorsichtig legte sie ihre Hand auf Neals Mund. „Nicht so laut, sonst hört man uns."

„Verdammte Scheiße", zischte Neal nun. Mit den Fäusten schlug er auf die Bettdecke. Er wälzte sich von einer Seite zur anderen, schließlich landete er in Francis' Armen.

Unkontrolliert presste er seinen Mund auf ihre Lippen. Sie merkte, dass er nicht mehr klar bei Verstand war. Er hatte deutlich zuviel getrunken, und doch ließ sie zu, dass er seinen Gelüsten freien Lauf ließ.

Neal drehte sich auf den Rücken und zog sie auf sich. Er atmete angestrengt.

„Ich bin zu voll", sagte er, was so ziemlich der Wirklichkeit entsprach. „Vielleicht magst du dich auf mich setzen?"

Seine Hände zitterten, als er an ihre Hüften fasste. Er wusste, wie unerfahren sie war, und dass sie diese neuartige Situation vielleicht ablehnen könnte, doch bereitwillig ließ sie sich auf seinem Schoß nieder. Ihre warmen Hände griffen nach seinem harten Geschlecht. Schließlich nahm sie ihn in sich auf, was er mit einem wohligen Stöhnen belohnte.

Seine Arme umfassten ihren Leib und vorsichtig begann sie, sich auf und ab zu bewegen ...

In den Sälen der Anderson Firma herrschte schon seit den frühen Morgenstunden große Hektik. Der Tag der Herbst Modenschau war gekommen – am Abend sollte die neue Kollektion der Anderson Creation vorgestellt werden.

Zahlreiche Gäste waren geladen, hohe Persönlichkeiten, gute Freunde der Familie, zudem Presse und Fernsehen.

Am aufgeregtesten war wohl Stephanie, die aber wie jedes Jahr zu den Leuten zählte, die sich trotzdem unter Kontrolle hatte. Sie regelte alles, was vor der Bühne passierte, während ihr Mann Peter, der eigentliche Hauptdesigner der Firma, hinter den Kulissen stand und den Models sowie den anderen Designern, Schneidern, Coiffeuren und Visagisten direkte Anweisungen gab. Ohne sein Einverständnis lief kein Model über den Steg.

Seit Wochen wurde dieser Abend vorbereitet, und Peter war sich sicher, dass auch diese Präsentation ein Erfolg werden würde.

Seit die Familie Anderson nach Deutschland umgezogen war, blühte ihr Geschäft erst richtig auf, und Peter konnte die Hauptfirma in England durch bewährte Mitarbeiter leiten lassen, ohne ständig selbst dort präsent zu sein.

Infolgedessen ersparte er sich und seiner Frau weitere lästige Dienstreisen, und obwohl er gerne in England gelebt hatte, war er besonders stolz auf die „Tochterfirma" in Deutschland.

Stolz war er auch auf Francis, die an diesem Abend Teil der Schau war und gleich zwei Kleider aus der Jugendkollektion vorführen sollte. Es war nicht ihr erster Auftritt auf dem Laufsteg und dennoch war sie sich noch nicht schlüssig, ob sie vielleicht in wenigen Jahren auch den harten Job eines Models übernehmen wollte.

Das Aussehen dazu hatte sie, das war ihr bewusst, auch wusste sie, dass es ihre Eltern gern gesehen hätten, würde sie später in die Firma mit einsteigen – und dennoch sah sie diese Auftritte bei den Modenschauen eher als einen Spaß an. Den Stress überließ sie den Profis.

Auch Neal war anwesend, obwohl ihm die Modewelt überhaupt nicht zusagte.

Schon als Kind hatte er es merkwürdig gefunden, dass sich sein Vater so ausgiebig mit Kleidern und Röcken beschäftigte. Und als jener starb, und seine Mutter wenige Jahre später ausgerechnet erneut einen Designer heiratete und die Firma ausbaute, stand für ihn längst fest, dass er damit nie etwas zu tun haben wollte. Sein Leben war die Musik. Selbst sein Studium in Architektur langweilte ihn zunehmend.

Doch er wollte seine Schwester sehen, wie sie grazil über den Catwalk lief, wie ihre schlanken Beine unter dem kurzen Minirock hervor blitzten, wie sie sich hektisch hinter der Bühne umzog, mit roten Wangen und leuchtenden Augen, um dann wenig später in einem Gewand aus silbernem Tüll über den Steg zu laufen, als würde sie schweben.

Sie hatte Talent, das hatte auch Neal längst bemerkt, und er war stolz darauf, dass seine junge Schwester mit den ausgebildeten Models, die meist nur auf Ruhm und Geld aus waren und von weitem langen Bohnenstangen glichen, mithalten konnte. Bei Francis war alles noch rein, ungelebt, frisch. Sie hatte sinnliche Kurven und dennoch war sie schlank genug, um eine derartige elegante Mode präsentieren zu können.

Wie erwartet wurde kräftig Beifall geklatscht, als die Schau mit dem ersten Teil der Präsentation zu Ende war. Neal bahnte sich einen direkten Weg hinter die Bühne. Es störte ihn nicht, dass hier und da ein Reporter Fragen stellte. Es waren stets dieselben. Warum er, als Sohn des erfolgreichen Peter Anderson so gar nicht an der Mode interessiert war?

Warum er nicht auch mal mitliefe auf dem Steg, das Aussehen dazu hätte er gehabt! Und zu gern hörte er die Frage, wie es um seine Musik stünde. Da wurde Neal richtig gesprächig und lächelte zur Krönung auch mal genau in die Kamera.

Als er dann hinter die Bühne trat, sah er die Models wie fleißige Bienen hin und her laufen. Sie zogen sich um für den zweiten Teil der Präsentation. Francis hingegen hatte ihre beiden Auftritte hinter sich und zwängte sich nun in eine schwarze Robe. Neal kam gerade rechtzeitig, um ihr den Reißverschluss hoch zu ziehen.

„Du sahst hinreißend aus in dem Mini“, sagte er, und als

sich seine Schwester umdrehte, spürte er sogleich das heftige Verlangen, sie zu küssen. Doch sie waren nicht alleine, was ihm nur zu deutlich signalisierte, dass er zu weit ging, doch sein Bedürfnis gab ihm keine Ruhe.

„Wir sollten uns den anderen Teil von vorne ansehen", fügte er hinzu, dann hakte er sich bei ihr ein und begleitete sie in den Saal.

Auf dem Weg dorthin durchquerten sie den Backstage Bereich und als sie durch eine Tür in den Saal traten, standen sie genau neben der Bühne, die einen großen Vorhang und an den Seiten mehrere palmenartige Pflanzen besaß. Neal nutze die Chance sofort.

Im Schutz einer dieser Pflanzen, zog er seine Schwester an sich. Ihre Lippen trafen sich leidenschaftlich.

„Vielleicht haben wir später mehr Zeit", flüsterte er in ihr Ohr, dann löste er sich wieder und als ob nichts zwischen ihnen vorgefallen war, schlenderten sie in den Besucherraum, um den weiteren Abend zu genießen.

Sie hatten nicht den Fotografen bemerkt, der ihnen aus einer dunklen Ecke zugesehen hatte und sich nun über den gelungenen Schnappschuss mehr als nur freute.

Spät am Abend, als die Schau zu Ende und einige Gäste schon gegangen waren, fand noch eine kleine Party statt, zu der Cocktails und Häppchen gereicht wurden. Peter und Stephanie waren ausgelassen. Vergnügt schlenderten sie durch den Raum und waren froh, dass die Präsentation der neuen Kollektion so gut gelaufen war.

Neal hingegen sah ständig auf die Uhr.

„In zehn Minuten hauen wir ab", sagte er dann zu seiner Schwester gewandt. „Ich ruf uns schon mal ein Taxi."

Er steuerte auf eine der Kellnerinnen zu und beauftragte sie, ein Taxi zu ordern. Als er sich umdrehte, sah er in das Gesicht von Swetlana, eine der farbigen Models, eine rassige, bildschöne Frau. Neal erinnerte sich dunkel daran, dass er bei der letzten Präsentation vor einem halben Jahr mehr als entzückt gewesen war, ihre Bekanntschaft zu machen. Er hatte damals keine Hemmungen gehabt, ihr deutliche Avancen zu machen. Sie beide hatten getrunken, und Neal nahm sie das erste Mal im Fahrstuhl, dann im Auto, oder nein, waren sie in ein Hotel gefahren? Oder gar zu ihr? Wie war das noch ...

„So allein, heute Abend?", fragte sie sogleich.

Neal schüttelte den Kopf. „Wollte gerade los."

Er sah an Swetlana vorbei und betrachtete Francis, die in ihrem schwarzen Kleid entzückend aussah, doch ihr Gesicht wirkte ängstlich, als sie Neal mit der anderen Frau dort stehen sah.

„Süß, deine kleine Schwester", hörte er Swetlana sagen. „Musst du sie nun zu Bett bringen?"

Neals Augenbrauen zogen sich zusammen. Er hätte große Lust gehabt, Swetlana ihr vorlautes Mundwerk zu stopfen, doch sie war eine Frau und er ... der Sohn eines angesehenen Geschäftsmannes.

„Ich habe ihr versprochen, noch eine Runde Schach zu spielen", antwortete er daher kess, dann ließ er Swetlana stehen, und er konnte sich zu gut ausmalen, wie enttäuscht diese nun war.

„Mum und Dad werden heute nicht nach Hause kommen", sprach Neal fast erleichtert, als er sein Jackett an die Garderobe hängte, dann den großen Vorraum und Flur durchquerte und schließlich in der Küche ankam. Er kannte das Ritual seiner Eltern. Nach jeder Schau blieben sie bis zum Schluss in der Firma, bis die letzten Gäste gegangen waren, um sich dann später in eine der Penthouse Wohnungen unter dem Dach zurück zu ziehen. Von dort sah man die Skyline der Stadt. Hier genossen sie bei gutem Wetter einen erstklassigen Sonnenaufgang und freuten sich auf die wenigen Wochen Ruhe, bevor es weiter ging, eine weitere Kollektion zu entwerfen und die Bestellungen zu bearbeiten.

„Wir sind also ungestört", fügte Neal hinzu.

Francis, die ihm gefolgt war, kicherte, als sie seine tastenden Hände an ihren Hüften registrierte.

Sie war am Kühlschrank zugange und griff sich ein

Marmeladenglas und Brot. Dann drehte sie sich um, erwiderte den stürmischen Kuss ihres Bruders, der nach Wein und Sekt schmeckte. „Ich habe noch Hunger“, gestand sie. Und als sich ihr Körper zum Küchentisch drehte, bemerkte sie, wie Neals Hände unter ihr Kleid glitten.

„Ich schmier dir das Brot“, sagte er. Er klang lüstern. „Ich schmier es dir und serviere es dir dann im Bett ...“

Seine Schwester kicherte erneut, doch als sie sich umdrehte, wurde ihr Gesicht ernst.

Ihr Bruder atmete angestrengt. Sie konnte sein Verlangen förmlich in seinen Augen sehen. Sie wusste, dass er den ganzen Abend gewartet hatte, um mit ihr allein sein zu können. Und nun sah sie, dass er seine Lust kaum noch zurück halten konnte. Doch er wagte sich nicht richtig vor.

Als sie ihn so sah, vergaß sie ihren Hunger sofort und signalisierte ihm, dass sie dasselbe Verlangen spürte.

Sie schlang ihre Arme um seinen Hals und begann ihn zärtlich zu küssen.

Im nächsten Moment fühlte sie seinen Köper an sich und wurde sanft gegen den Tisch gedrückt. Seine Hände wanderten erneut unter ihren Rock. Er umfasste ihre Oberschenkel, hob sie an. Francis rutschte mit ihrem Gesäß auf den Tisch.

Unsicher sah sie ihren Bruder an. „Was machst du?“

Er strich ihren Rock nach oben, ihren Slip vom Leib, dann drückte er ihren Oberkörper vorsichtig nach hinten, so dass sie auf dem Tisch zum Liegen kam.

„Es gibt noch einiges, was du nicht kennst“, antwortete Neal. Er senkte seinen Kopf, dann ließ er seine Zunge zwischen ihre Beine gleiten. Er verwöhnte sie dort, bis sie stöhnte, bis ihre Beine zitterten. Als sie soweit war, öffnete er seine Hose, zog sie nur ein Stück weit nach unten und drang dann in sie ein.

Seine Stöße waren kräftig. Er beugte sich vor, um sie dabei zu küssen, gleichzeitig schlang sie ihre Beine um seine Hüften. Der Tisch wackelte.

Francis hatte die Augen geschlossen, schien Ekstase zu erleben, nur kurz schreckte sie zusammen, als sie an das

Marmeladenglas stieß und jenes krachend zu Boden fiel.

Doch die starken Gefühle in ihr lenkten sie sofort wieder ab. Schließlich durchfuhr es sie heiß und als sich Neal nach seinem Erguss noch ein wenig in ihr bewegte, kam auch sie zum Höhepunkt.

Sie war einige Sekunden wie benommen. In der Tat hatte sie Neals Zärtlichkeiten immer genossen, doch diese Position auf dem Tisch hatte sie beeindruckt. Und noch immer waren alle sexuellen Handlungen wie Neuland für sie. Mit glänzenden Augen sah sie ihren Bruder an, der sich langsam von ihr löste und unter lautem Atmen seine Hose wieder schloss.

„Kannst du noch mehr solcher Dinge?", fragte sie gespannt.

Neal lächelte. Er fuhr sich über das erhitzte Gesicht und strich dann eine Haarsträhne hinter sein Ohr.

„Ich weiß noch einiges, was dir sicher auch gefallen wird", entgegnete er, dann deutete er zur Treppe. „Wenn du willst, machen wir oben weiter. Du bekommst auch das Brot, wie versprochen."

Francis schien entzückt. Sie rutschte von dem Tisch herab und küsste ihrem Bruder auf den Mund. Dann verschwand sie nach oben in das Badezimmer.

Neal hingegen sah sich das Dilemma mit dem Marmeladenglas an. Doch er war zu müde, um die Scherben und die klebrige Konfitüre zu beseitigen. Er nahm sich einfach ein anderes Glas aus dem Kühlschrank und schmierte wie versprochen das Brot.

Bis er ein Geräusch hörte. Es kam aus dem Esszimmer, wo die Tür einen Spalt offen stand. Und Neal hätte schwören könne, dass sie bei ihrer Ankunft noch geschlossen war.

Er dachte an Einbrecher, und mit dem großen Brotmesser bewaffnet, schlich er sich leise an die Tür heran, dann öffnete er sie mit einem Ruck gänzlich.

Doch er sah keinen Kriminellen, sondern Hanna, die mitten im Zimmer stand und Neal ganz merkwürdig ansah.

Er atmete auf. Das Brotmesser legte er auf den Tisch, der schon fertig für das Frühstück gedeckt war.

„Haben Sie mich erschreckt“, sagte Neal. „Was machen Sie denn noch hier? Sie haben längst Feierabend.“

Hanna sah zu Boden. Sie trug noch ihr vornehmes Kleid, denn auch sie war auf der Modenschau gewesen. Eigentlich hätte sie längst zu Hause in ihrer Wohnung sein können, bewohnte sie im Hause der Andersons doch nur ein einzelnes Zimmer, für den Fall, dass sie doch mal über Nacht bei ihren Arbeitgebern blieb.

„Ich wollte nur noch den Tisch richten für morgen früh“, gestand sie, während sie auf die Teller und Tassen deutete. „Ich hätte aber wohl besser nicht noch einmal vorbei kommen sollen“, fügte sie danach hinzu. Sie wirkte unheimlich verstört, so dass sich Neal ein unguter Gedanke bot.

„Haben Sie etwa ...“ Ihm blieben die Worte im Hals stecken.

„Ja, ich habe es gesehen. - Dass Sie sich nicht schämen!”, entfuhr es Hanna nun. So hatte sie Neal noch nie erlebt. Sie war empört über das, was sie beobachtet hatte. Und ohne mehr dazu zu sagen, wollte sie an Neal vorbei, als er sie am Arm fest hielt und daran hinderte, das Haus zu verlassen.

„Was Sie gesehen haben, geht Sie nichts an“, sagte Neal verbissen. „Ich mag Sie gern, Hanna, und ich möchte nicht dafür verantwortlich sein, dass Sie sich einen neuen Job suchen müssen.“

Sie riss sich von ihm los. Ihr Blick war ängstlich und gleichzeitig verärgert. Trotzdem brachte sie keinen weiteren Ton mehr heraus.

„Wenn Sie jemandem davon erzählen, wird Ihnen niemand glauben. Und Ihren Posten hier könnten Sie gleich vergessen. Merken Sie sich das gut.“

Nun war Neal es, der den Raum verließ. Wütend – und zugleich unzufrieden, denn nie im Leben hätte er gedacht, jemanden erpressen zu können, rannte er nach oben in sein Zimmer, wo er schließlich bemerkte, dass er das Brot in der Küche vergessen hatte. Doch das erledigte sich dann ganz schnell, als er sah, dass Francis in seinem Bett lag und tief und fest schlief.

Neal erwachte wieder, als er Stimmen aus dem Erdgeschoss hörte. Die Treppe nach unten endete genau in der großen Küche, so dass man lautere Gespräche ohne weiteres wahrnehmen konnte. Was genau gesprochen wurde, konnte er allerdings nicht verstehen.

Hörte dieser Trubel denn nie auf ?, dachte er. Für einen kurzen Moment sehnte er sein langweiliges Studienleben herbei.

Er fasste Francis vorsichtig an die Schulter. „Hey, du musst in dein Zimmer. Mum und Dad sind da."

Nur zaghaft hob seine Schwester den Kopf. Sie nickte still, dann schälte sie sich aus der warmen Bettdecke und zwängte sich ausnahmsweise mal durch die kleine Durchreiche in der Wand. In ihrem Zimmer angekommen, legte sie sich sofort wieder hin.

Neal hingegen trottete in das Badezimmer, wo er sich kurz erfrischte, sich dann anzog und neugierig nach unten ging. Und schon auf den Stufen bemerkte er die angespannte Situation.

„Sie kann doch nicht einfach kündigen!", hörte er Stephanie sagen. In ihrer Hand hielt sie einen Brief. „Ich werde sie anrufen und das klären."

Seine Mutter grüßte ihn kurz, dann verschwand sie in der Bibliothek.

„Was ist denn hier los?", fragte Neal zögernd. Obwohl er sich denken konnte, dass es um Hanna ging. Der Küchentisch war nicht aufgeräumt, und es war noch kein Kaffee gekocht. Das tat Hanna jeden Morgen rechtzeitig, doch nun schien sie nicht anwesend zu sein.

Peter fuhr sich durch sein Haar, das an den Schläfen schon grau meliert war. Trotz seines Alters sah er noch recht attraktiv aus, auch wenn ihm nun die Anstrengungen der letzten Wochen anzusehen waren. Er seufzte tief. „Hanna hat gekündigt. Wir wissen nicht wieso. Es lag nur ein Zettel auf dem Tisch." Nachdenklich schweifte sein Blick durch die Küche. „Und wie es hier aussieht?"

Neal kam näher. Sofort räumte er das Brot und den Teller zusammen und lächelte verschmitzt.

„Das war ich gestern ... Sorry."

Als er alles beseitigt hatte, nahm er sich Schaufel und Feger, um das zerbrochene Marmeladenglas aufzukehren. Dabei fiel sein Blick unter den Tisch, wo er voller Entsetzen den schwarzen Slip von Francis liegen sah. Mit einer schnellen Handbewegung griff er danach und ließ ihn in seiner Hosentasche verschwinden.

„Was war das?", fragte Peter sofort. Neal zuckte zusammen. Er biss sich nervös auf der Unterlippe herum, und als er sich wieder aufrichtete, versuchte er ein harmloses Lächeln.

„Wäsche. Muss Hanna verloren haben."

Sein Vater runzelte die Stirn. Man sah ihm an, dass ihm die ganze Situation komisch vorkam. Und dann eilte auch Stephanie wieder heran und schüttelte den Kopf.

„Hanna kommt nicht wieder", berichtete sie erbost. „Sie meint, es gingen Dinge in unserem Hause vor, mit denen sie nichts zu tun haben möchte."

Fragend sah sie erst ihren Mann, dann ihren Sohn an.

„Was meint sie denn damit?"

Peter hob ahnungslos die Schultern. Und auch Neal tat unwissend.

„Na, das ist ja ein toller Sonntag!", schimpfte Stephanie. Sie wandte sich der Kaffeemaschine zu und setzte Kaffee auf. Bittend sah sie ihren Sohn an. „Vielleicht magst du Brötchen holen?"

Neal nickte. Und er war sogar froh, der unangenehmen Situation kurz entfliehen zu können.

Doch die eigentliche Aufregung ereignete sich am Montagmorgen. Neal hatte nicht damit gerechnet, dass die Modenschau noch weitere unangenehme Folgen mit sich bringen könnte. Als er einigermaßen ausgeschlafen an den Frühstückstisch kam, herrschte dort eine bedrückte Stimmung.

„Stephanie ist heute früh gleich zum Arzt", berichtete Peter seinen Kindern. Er war voller Sorge. „Sie hat die ganze Nacht nicht schlafen können, und ihr Herz macht ihr wieder zu schaffen.“

„Das ist ja nicht gerade erfreulich“, sagte Neal. „Ist die Kritik denn wenigstens positiv?“

Er schenkte sich Kaffee ein, dabei schielte er auf den Haufen voller Tageszeitungen, der auf dem Tisch lag. Peter ließ sich nach jeder Präsentation die aktuellsten Presseberichte zuschicken, um zu erfahren, wie die Kollektion bei den Medien angekommen war. Doch heute schien er ziemlich desinteressiert.

„Ich habe noch gar nicht reingesehen“, gestand er nachdenklich.

Er biss noch einmal von seinem Brot ab, dann nahm er die erste Zeitung in die Hand, und schon auf der Vorderseite sah man einen kleinen Verweis zu einem größeren Artikel über die Anderson-Creation.

Lächelnd blätterte Peter weiter, und seine Augen leuchteten, als er folgendes vorlas:

„... somit überzeugte die elegante und zugleich raffinierte Mode in allen Variationen. Und auch in diesem Jahr liegt die Anderson Creation mit ihrem Trend weit vorn in der Modebranche ... “

Neal tauschte einen flüchtigen Blick mit seiner Schwester aus. Sie mussten beide lächeln, denn es war immer wieder von neuem amüsant zu sehen, wie sich ihr Vater über berufliche Erfolge freute.

Aber seine Miene verdunkelte sich abrupt, als er eine Seite weiter blätterte und einen anderen Artikel überflog. Dann senkte er die Zeitung, um seinen Sohn prüfend anzusehen.

„Was hat das zu bedeuten?”, fragte er ernst, dabei auf ein Bild deutend, welches am Ende des Berichts abgedruckt war. Es zeigte Neal, wie er seine Schwester umarmte und dabei auf den Mund küsste.

Dick und fett stach die Überschrift ins Auge: **„Ist der Ruf erst ruiniert ...“**

Neal reckte seinen Hals, und als er das Foto sah, riss er die Zeitung sofort an sich. Fassungslos las er die Zeilen.

„... Schon immer fiel der Sohn der Andersons durch

seine Andersartigkeit auf. Statt in die Firma seiner Eltern einzusteigen, vergnügt sich der 23-jährige Neal lieber auf Studenten- und Homoparties, wobei ihm in einigen Kreisen deutliche Neigungen zum selben Geschlecht nachgesagt werden. Mode interessiert ihn wenig, stattdessen arbeitet er an seiner Karriere als Musiker, wobei man sich fragt, warum er denn eigentlich den Studiengang Architektur eingeschlagen hat. Gestern dann ein erneutes flegelhaftes Verhalten: Inmitten der Präsentationen der Anderson Firma, flirtet er mit seiner fünfzehnjährigen Schwester Francesca und küsst sie zur Krönung zärtlich auf den Mund. Wie weit geht diese Geschwisterliebe?“

Neal schluckte trocken. Seine Hände zitterten, als er die Zeitung losließ. Verunsichert sah er seinen Vater an.

„Das ist doch Quatsch!“

Nun nahm Francis die Zeitung an sich. Schon nach wenigen Sekunden leuchteten ihre Wangen rot. Und ohne Aufforderung, versuchte sie sich zu verteidigen.

„Das war kurz nach meinem Auftritt. Neal hat mir nur gesagt, wie gut ich war.“

„Und dann küsst er dich auf den Mund?“ Peter war entsetzt. „Ich habe auch eine Schwester, die habe ich in 50 Jahren kein einziges Mal so berührt!“

Er schlug mit der flachen Hand auf den Tisch, so dass seine Kinder kurz zusammen zuckten.

„Ihr wisst genau, wie sehr wir in der Öffentlichkeit stehen!”, fuhr er lauthals fort. „Muss denn so was sein? Was wird bloß Stephanie dazu sagen!?“

Unwirsch drehte er sich zu den anderen Zeitungen, begann sie zu durchblättern – und in jeder las er dasselbe. Lob für die Anderson Firma – Skandal um den Kuss.

Peter stand inzwischen der Schweiß auf der Stirn. Totenstille herrschte im Raum, als er mit zitternder Stimme wissen wollte: „Habt ihr mir dazu nichts weiter zu sagen?“

Sein Blick war prüfend, als er seine Kinder betrachtete. Daraufhin stand Francis auf. Sie eilte aus dem Raum und reagierte nicht einmal, als ihr Vater sie ermahnte, stehen zu bleiben.

„Was hat das zu bedeuten?“ Er war sichtlich überfordert mit der Situation.

Neal seufzte, und er wusste, dass es keinen anderen Weg gab. Er konnte seinen Vater, auch wenn es nicht sein leiblicher war, nicht belügen. Früher oder später hätte er die Wahrheit vielleicht selbst erfahren.

„Ich empfinde viel für Francis“, sagte er gefasst, ohne Peter jedoch in die Augen zu sehen. „Und sie auch für mich.“

Sein Vater öffnete sprachlos den Mund, doch keine Silbe kam heraus. Er war sichtlich schockiert, schüttelte ungläubig den Kopf.

„Das kann doch nicht sein ...?“

Aber Neal nickte. „Doch, es ist so. Ich habe mich lange dagegen gewehrt, doch Gefühle kann man bekanntlich nicht einfach abstellen.“ Er seufzte tief. „Ich hätte es dir schon viel eher sagen sollen.“

Es klang unzufrieden, denn Neal wusste, dass er seinem Vater so gut wie alles anvertrauen konnte, auch wenn es nur sein Stiefvater war. Zu ihm hatte er Vertrauen, und sie beide hatten schon die ein oder andere Sache besprochen, ohne Stephanie eingeweiht zu haben. Und es war jedes Mal eine gute Entscheidung gewesen.

Doch nun war die Sache mehr als heikel, und Neal sah seinem Vater an, wie sehr ihn diese Neuigkeit traf. Ich hätte mit dem Mist gar nicht erst anfangen sollen!, dröhnte es in Neals Schädel.

Peter stand wenige Minuten stillschweigend im Raum, wischte sich den Schweiß von der Stirn und schließlich verließ er das Zimmer. Die Tür schloss sich geräuschvoll.

Für einen kurzen Moment war Neal verunsichert. Er wusste nicht, was das alles zu bedeuten hatte, bis sich die Tür wieder öffnete und Peter zurückkam. Aber jetzt hielt er Francis bei der Hand. Sie hatte den Kopf gesenkt und setzte sich, als ihr Vater auf einen der Stühle deutete.

„Ich will gar nicht wissen, wie es dazu kommen konnte und was sich alles zwischen euch ereignet hat“, fing er an zu sprechen. Er schluckte, sein Körper zitterte. Und Neal fühlte sich elend bei dem Gedanken daran, was er seinem Vater angetan hatte.

„Ich bin nicht dein leiblicher Vater, Neal", fuhr Peter fort. „Ich habe kein Recht, dir Vorschriften zu machen. Zudem solltest du alt genug sein, um zu wissen, was sich gehört und was nicht."

Er machte eine kurze Pause, in der er nun Francis betrachtete.

„Aber, wenn es um meine Tochter geht, die noch keine achtzehn ist und meiner Ansicht nach, noch nicht selbst entscheiden kann, was gut für sie ist – dann bitte ich dich ..." Er sah seinen Sohn eindringlich an. „... diese Leidenschaft zu beenden."

Neal wollte etwas einwenden, doch sein Vater fuhr ihm direkt ins Wort.

„Das ist Inzest, was ihr da betreibt! Ist dir das bewusst?"

„Klar, Dad, ich ..." Neal suchte händeringend nach Worten, doch sein Vater ließ ihn nicht aussprechen.

„Ich habe euch beobachtet und mir meinen Teil dazu gedacht." Er schüttelte den Kopf. „Ich habe gesehen, wie nah ihr euch steht. Das ist ja auch in Ordnung, aber musste das denn so ausarten!?" Er schluckte verzweifelt. „Ich hätte viel eher etwas unternehmen müssen." Unzufrieden atmete er ein. Vorwürfe machten sich breit. Immer wieder hatte er gesehen, wie herzlich seine Kinder miteinander umgegangen waren. Immer wieder hatte er die ermahnenden Worte seiner Frau belächelt. Wieso hatte er weggesehen? „Das muss enden. Sofort!" Er deutete auf die Zeitung.

„Wenn Stephanie das sieht, wird sie schockiert genug sein. Ich möchte ihre Gesundheit nicht noch mehr belasten – und ich denke, ihr wollt es auch nicht."

Seine Kinder schüttelten still den Kopf. „Dann sind wir uns ja einig."

Er griff den Stapel Zeitungen und wandte sich dann der Tür zu.

„Nun kann ich den Pressefuzzis erst mal Dementi geben!" Es klang wütend, und mit verzerrtem Gesicht drehte er sich noch einmal um. „Dass ihr mich sehr enttäuscht habt, muss ich wohl nicht noch erwähnen."

Es war am selben Abend, als Neal in das Zimmer seiner Schwester trat. Die Stimmung im Hause Anderson war immer noch bedrückt. Die Ärzte hatten Stephanie ein paar Tage Ruhe empfohlen, nachdem sie in einer Spezialklinik für Herzerkrankungen durchgecheckt wurde und erneut Rhythmusstörungen festgestellt wurden.

Neal war kurz in der Klinik gewesen, und noch bevor seine Mutter einen Blick in irgendeine Zeitung werfen konnte, hatte er ihr von dem Vorfall berichtet.

„Ich habe es ja immer gesagt", sprach sie. „Ihr geht zu innig miteinander um. Das missverstehen die Leute."

Sie war erschöpft, konnte sich nicht wirklich darüber aufregen, was Neal enorm erleichterte.

Und um keine erneute Aufregung zu provozieren, hatte er ihr Recht gegeben und auch gleich berichtet, dass es sich nur um aufgebauschte Lügengeschichten der Presse handelte und Peter schon längst einen Gegenbericht hat schreiben lassen.

Zum Abschluss hatte Neal sie liebevoll umarmt.

„Es tut mir Leid, dass du oft Kummer mit mir hast", hatte er noch gesagt und es auch wirklich so gemeint. Seine Mutter war gerührt von seinen Worten, und auch sie gab zu, oftmals zu temperamentvoll zu sein.

Als Neal die Klinik verließ, fühlte er sich gar nicht wohl. Es stimmte ihn unzufrieden, dass er ein großes Geheimnis vor Stephanie verbergen musste, und doch wusste er, dass sie weitere Skandale nicht verkraften würde.

Deshalb war Neal gar nicht nach Lachen zumute, als er sich zu seiner Schwester ans Bett setzte und einiges klären wollte.

„In zwei Tagen ist Mum wieder fit – und die Sache mit dem Kuss hoffentlich aus der Welt", begann er. Francis nickte. Sie saß schon in ihrem Nachthemd im Bett. Ihr langes Haar fiel wie Seide auf ihre Schultern. Ihre Lippen waren einladend rosa, doch Neal zwang sich an etwas anderes zu denken.

„Wir können von Glück sagen, dass Dad so verständnisvoll mit der Situation umgeht“, fuhr Neal fort, woraufhin Francis sofort widersprach: „Er will, dass wir unsere Gefühle unterdrücken. Ich finde das nicht verständnisvoll.“

Sie zog einen Schmollmund, wobei Neal erneut auffiel, wie naiv sie in manchen Dingen noch war.

„Dad hat Recht“, sagte er somit. „Das, was wir ausleben, ist sowohl gesetzlich, als auch moralisch nicht zu vertreten.“

Er stand auf. Nervös ging er ein paar Schritte. Er fühlte sich extrem belehrend, obwohl er das eigentlich gar nicht sein wollte, aber seine Schwester zwang ihn dazu.

Und obgleich es ihm im Herzen wehtat, sagte er: „Es war schön, aber es muss zu Ende sein.“

Er fuhr sich über das Gesicht. Es war noch schmaler geworden die letzten Wochen. Er fühlte sich erschöpft und ausgelaugt. Und irgendwie stellte er fest, dass sein Leben nicht wirklich so verlief, wie er es sich gewünscht hätte.

Gefasst drehte er sich um. „Es dauert bestimmt nicht lange, dann wirst du einen Jungen aus deiner Schule anhimmeln und mich vergessen.“ Er lächelte, obwohl ihm der Gedanke daran einen Stich in das Herz bescherte. Und Francis belohnte seine Theorien auch noch mit einem wütenden Blick.

„Das meinst du doch wohl nicht ernst?“

Neal seufzte. Er sah zu Boden.

„Mach es uns nicht schwerer, als es schon ist.“

Dann hörte er sie schluchzen, was ihn endgültig aus der Fassung brachte.

„Hör auf zu heulen!", schrie er. „Ich kann nichts dafür, dass wir Geschwister sind! Wenn es nach mir ginge, dann ...“

Er stoppte und schluckte herunter, was er sagen wollte. Das Thema wollte er beendet haben. Darum verließ er das Zimmer, ohne Francis noch einmal anzusehen.

Die Anspannung fiel erst von ihm ab, als er mit seinem Wagen in die Stadt fuhr. Einige Minuten saß er noch im Auto, bevor er seine Stammdisco betrat.

Von weitem konnte er Carsten sehen. Der erste Lichtblick des Tages, sozusagen.

Und Carsten schlug Neal zur Begrüßung auch sofort freundschaftlich auf die Schulter. Doch was er dazu sagte, brachte Neal fast zur Weißglut.

„Ich habe das in der Zeitung gelesen. Nettes Foto!“ Er sah seinen Freund neugierig an. „Ist das denn wahr? Du knutscht deine Schwester?“

Neal verdrehte die Augen. Fast hätte er die Disco wortlos wieder verlassen. Doch was konnte Carsten dafür? Alles was in Neals Leben momentan passierte, hatte er sich selbst eingebrockt. Und das schlimme war, dass er nicht mal mehr sagen konnte, ob es alles wirklich so tragisch war, wie es schien.

Vielleicht hatte er überreagiert? Vielleicht war der Rat seines Vaters gar nicht der richtige gewesen? Vielleicht hätte er seine Schwester nicht so kalt abservieren sollen?

Sie war ihm doch wichtig.

Wie er die Sache auch abwägte, er kam zu keinem endgültigen Ergebnis. Sein Schweigen bestätigte Carsten in seiner Vermutung.

„Es stimmt also. – Du bist ja ein ganz Schlimmer!“ Carsten hob seinen Zeigefinger und lachte dabei. Neal blieb hingegen todernst.

„Ich will davon nichts hören!”, sagte er mit Nachdruck. „Gönne mir doch bitte mal fünf Minuten, in denen ich nichts davon hören muss!“

Er wandte sich ab. Der Junge hinter dem Tresen war heute ein anderer. Neal bestellte sich ein Bier, zahlte sofort. Und als er sich mit seinem Getränk wieder der Tanzfläche zudrehte, war Carsten wieder da.

„Es tut mir Leid“, entschuldigte der sich. „Ich kann mir das nur nicht vorstellen.“

„Ich mir langsam auch nicht mehr“, entgegnete Neal. Sein Gesicht schien maskenhaft, wie versteinert. Verbissen leerte er die Hälfte seines Glases. „Ich habe mich noch nie so hilflos gefühlt.“ Er schüttelte den Kopf. „Ich glaube, ich mache wirklich alles falsch.“

Sein Blick irrte durch den Saal. Es waren dieselben Gäste da. Einige hatte Neal schon „näher“ kennen gelernt, andere reizten ihn gar nicht. Und nur in der hintersten Ecke konnte er einen gut gebauten, muskulösen Mann erkennen, der wie schüchtern vor einem Glas saß und ab und zu unsicher nach links und rechts schaute.

„Guck mal, der Typ da hinten sieht aus wie Dolph Lundgren.“ Neal lächelte. Vielleicht auch ein wenig über sich selbst, weil er so gekonnt vom Thema abweichen konnte und zudem Erleichterung verspürte, mal nicht nur an Francis denken zu müssen.

Und der Mann glich tatsächlich dem besagten Schauspieler. Er war groß, hatte kurze, helle Haare, ein markantes Gesicht, schmale Augen, sinnliche Lippen und wirkte trotz seiner kräftigen Erscheinung sehr sanftmütig. Er trank nicht, wie die anderen Besucher, Alkohol, sondern saß vor einem Glas Saft.

Neal wusste nicht, warum er das tat. Und er fühlte sich wie schizophren, als er ein Lächeln aufsetzte und den Fremden ansprach, als wäre er bester Laune, doch seine Worte sagten etwas ganz anderes aus

„Ich bräuchte dringend etwas Ablenkung.“ Er seufzte tief, dann sah er dem Fremden in die blauen Augen. „Wie heißt du?“

„Chris“, bekam er zur Antwort. Der Fremde lächelte freundlich. Er war nicht überrascht, so direkt angesprochen zu werden.

„Hör zu, Chris“, fuhr Neal fort. Mittlerweile war ihm nichts mehr peinlich. Wie stand es in der Zeitung? Ist der Ruf erst ruiniert ...

„Ich will nicht lange drum herum reden. Jeder weiß, was man in diesem Laden sucht.“

Chris nickte.

„Mir geht es beschissen“, sprach Neal weiter und schien in Selbstmitleid zu zerfließen. „Ich habe das Gefühl, mich nicht mehr zu spüren.“

Er sah seinen neuen Bekannten eindringlich an und starrte dann auf dessen äußerst muskulöse Oberarme. „Es ist sonst nicht meine Art. Aber heute brauche ich jemanden, der mir zeigt, dass ich überhaupt noch existiere."

Chris nickte erneut. Und das ziemlich verständnisvoll.

„Bist du dabei?", hakte Neal somit nach.

Zuerst musste Neal kräftig schlucken, als sich Chris, nach einem weiteren Saft und ein wenig Small Talk, von dem Stuhl erhob, um mit Neal den Club zu verlassen.

Chris war um einiges größer, kräftiger, breiter und überhaupt ...

„Eine Nummer zu groß für dich?" Carsten staunte, als er den „Hünen" neben seinem Kumpel erblickte, doch Neal lenkte sofort ein.

„Heute mal andere Spielregeln." Er zwinkerte Carsten zu. „Man sieht sich."

Dann verließen sie den Club. Neal spürte sogar etwas Unbehagen, als er diesen breitschultrigen Mann neben sich her spazieren sah. Chris machte große Schritte, doch auch gemächliche. Er war nur zur Durchreise in der Stadt – war Offizier bei der Bundeswehr. Auch das noch!, durchschoss es Neals Gehirn. Aber Chris war genau das, was er gesucht hatte.

Sie kehrten in seinem Hotelzimmer ein, wo sich Neal sofort an der kleinen Bar bediente. Chris war hingegen die ganze Zeit nüchtern geblieben.

„Um es noch mal klar zu stellen", nahm Neal das Thema erneut auf. „Ich möchte keine S/M- Praktiken, sondern ..." Seine Worte verstummten. Chris hatte sich das T-Shirt ausgezogen und den Blick auf seinen nackten Oberkörper freigegeben. „Oh, shit!", zischte Neal. Er trat ein wenig zurück. Er musste sich zugestehen, solche Muskeln noch nie zuvor in Natura gesehen zu haben. „Du machst Bodybuilding?"

Chris lächelte. „Etwas Fitness und Karate, mehr nicht." Nun zog er seine Hose aus. Und auch der Rest seines Körpers war von straffen Muskelsträngen durchzogen.

Als Neal sich entkleidete, kam er sich eher schmächtig vor. Dennoch war sein Selbstvertrauen so groß wie nie und sein Wille stark. Fordernd stellte er sich Chris gegenüber.

„Sei nicht zimperlich mit mir, okay? – Fick den Mist aus mir heraus. Ich muss den Kopf frei kriegen!“

Neals Stimme war laut, verzweifelt. Er sah in dieser Aktion den einzigen Weg, wieder auf den Boden der Tatsachen zu gelangen.

Chris hatte das verstanden. Nachdem er Neal den Rest der Kleidung vom Körper gestrichen hatte, drängte er ihn in das Badezimmer. Unter der Dusche kam Chris schnell zur Sache. Neal war ihm unterlegen. Es war eine Ewigkeit her, dass Neal sich devot gab, doch an jenem Abend war es das, was er brauchte.

Er wurde von Chris an die nassen Kacheln gedrückt, spürte dessen Hände zwischen seinen Beinen, in seinem Spalt. Er ließ sich vorbereiten für das, was kam.

Er genoss die starken Arme seines Partners, die leichte Gewalt, die von ihm aus ging. Und als sie das Bad verließen, ließ sich Neal bereitwillig auf das Bett schubsen.

Es schien ihn zu zerreißen, als Chris sich an ihn drängte und Einlass suchte. Neal war verkrampft. Sein ganzer Körper sträubte sich. Es war zu lange her, dass er ein derartiges Gefühl genießen konnte. Es war so lange her, dass Neal nicht mehr wusste, ob es ihm überhaupt irgendwann mal wieder gefallen konnte.

Nun spürte er den massigen Körper auf sich. Schweiß rann von seinem Rücken hinab in seinen Spalt. Chris schob sich in ihn hinein. Neal stöhnte schmerzgeplagt auf. Und doch war es das, was er fühlen wollte. Er lebte. Er existierte. Er musste wieder zu Sinnen kommen. Er musste sich endlich wieder kontrollieren können!

Der Schmerz ebbte ab. Neal wurde fest auf das Bett gedrückt und verspürte langsam Lust in sich aufsteigen, was auch Chris nicht entging.

Wie abgemacht, beschleunigte der nun seine Bewegungen. Fest und kraftvoll penetrierte er den Körper unter sich, bis ihre Leiber erhitzt und schweißgebadet den Höhepunkt erreicht hatten.

„Ich glaube, ich habe dich ein wenig verletzt“, war das

erste, was Chris von sich gab, als er von Neals Körper rutschte und dessen Gesäß vorsichtig streichelte.

Neal schüttelte den Kopf. „Das ist nicht wild." Er hatte die Augen geschlossen und machte keine Anstalten, sich auf den Rücken zu drehen, und kurz darauf war er sogar vor Erschöpfung eingeschlafen.

Neal fühlte sich wohl in der Gegenwart von Chris. So wohl, dass er die Nacht über blieb. Erst das Zimmermädchen, das am nächsten Morgen das Frühstück brachte, weckte ihn.

Chris lag in Shorts auf dem Bett. In der einen Hand hielt er eine Flasche Wasser, in der anderen ein Brötchen mit Käse.

Und langsam kamen Neal die Erinnerungen des vergangenen Abends wieder in den Sinn. Und nun – in seiner vollkommenen Nüchternheit – war ihm sein Auftreten sogar etwas peinlich.

„Denke nicht, dass ich so etwas öfter mache", war das erste, was er von sich gab. Er drehte sich auf den Rücken und bediente sich an der Kaffeekanne.

„Ich kenn dich, habe von dir in der Zeitung gelesen." Chris setzte die Flasche an seinen Mund und trank einige Schlucke. Dabei fixierte er Neal eindringlich. „Die Sache mit deiner Schwester scheint dir an die Nieren zu gehen."

Neal hielt kurz inne. Erst wollte er protestieren, doch was hätte das genützt? Die Tatsache, dass sich inzwischen die halbe Modebranche und noch ganz andere Zeitgenossen das Maul über ihn zerrissen, schien er allmählich akzeptieren zu müssen.

„Ich stehe vor schwierigen Entscheidungen", gab er zu erkennen. Nachdenklich nahm er ein paar Schlucke des heißen Kaffees zu sich.

„Wolltest du dich gestern selbst bestrafen? Meinst du, damit reinigst du dein Gewissen?"

Neal zuckte mit den Schultern. „Ich weiß es nicht." Er zögerte, ehe er sagte: „Jedenfalls bin ich jetzt wieder klar bei Verstand." Sein Lächeln zeigte Dankbarkeit. „Du hast genau das erreicht, was ich wollte."

Chris hob die Augenbrauen. „Das freut mich." Eine nachdenkliche Pause folgte. „Verstehe mich nicht falsch, aber ... wir werden uns nie wieder sehen. Ich werde niemandem von unserem Date hier erzählen." Seine blauen Augen fixierten Neal wissbegierig. „Doch sag mir, wirst du die Kleine hängen lassen?"

Neal schluckte. Er senkte den Kopf. Und da waren sie wieder, seine vor sich auftürmenden Probleme des Alltags. Sie schnürten ihm allmählich die Luft ab. Und obwohl er nun klarer denken konnte als am Abend zuvor, wäre er am liebsten in Tränen ausgebrochen.

Gefasst sah er Chris an. „Ich bin mir noch nicht sicher", antwortete er. „Ich weiß, es wäre das Beste, für alle, doch es fällt mir verdammt schwer."

IV.

Es waren einige Tage vergangen, in denen Neal wirklich nachdachte. Er versuchte, seiner Schwester unbemerkt aus dem Weg zu gehen. Vielleicht verstand sie sein Verhalten sogar. Das Wohl aller war stets ein wichtiger Faktor in der Anderson Familie gewesen. Obwohl es oft zu Streitigkeiten kam, wollte Neal das Feuer nicht unnötig schüren.

Er merkte deutlich, dass die Gefühle für Francis noch präsent waren, doch er wusste auch, dass er sie weitgehend unterdrücken musste.

Die Musik war eine der positiven Ablenkungen, die Neal genoss. Und als ihn ein aufgeregter Anruf von Richard erreichte, konnte Neal sich denken, dass es um die Band ging. Deshalb verließ er sein Zimmer eilig, um Richard persönlich zu treffen, doch als er am Zimmer seiner Schwester vorbei kam, stoppte er. Ihre Tür war leicht angelehnt, und er konnte sie auf dem Bett sitzen sehen

Den Kopf hatte sie gesenkt, und Neal erkannte sofort, dass etwas nicht stimmte.

Vorsichtig trat er ein.

„Hey, was ist los?“

Er war sichtlich besorgt und dachte an eine Krankheit oder eine schlechte Note, die seiner Schwester widerfahren sein könnte, obwohl sie selten krank war und in der Schule eine der besten Schülerinnen war. Und als er sie näher betrachtete, fiel ihm auch die kleine Schachtel auf, die sie krampfhaft in der Hand hielt.

„Was ist das?“ Ohne eine Antwort abzuwarten, nahm er die Schachtel an sich. Und zugleich durchfuhr ihn ein gewaltiger Schreck. In seiner Hand hielt er einen Schwangerschaftstest.

„Was willst du denn damit?“ Sein Gesicht zeigte blankes Entsetzen. In Sekundenschnelle formatierte sich jedoch schon die Antwort in seinem Geist; die Ursache, die Folge, das was ihn erwarten könnte ...

Und ihre Antwort blieb nicht lange aus. „Ich habe meine Tage nicht bekommen“, sagte sie leise, fast flüsternd. Erst jetzt traute sie sich, ihren Bruder anzusehen. Doch sie sah ängstlich aus, als würde sie eine große Strafe erwarten.

Neal schluckte trocken. Er schloss die Tür hinter sich. Obwohl seine Eltern nicht da waren, verspürte er nun eine noch größere Wachsamkeit als sonst.

Seine Knie waren inzwischen weich geworden. Seine Hand konnte die Schachtel mit dem Test kaum halten. Wortlos setzte er sich mit auf das Bett. Es schien, als hätte es ihm absolut die Sprache verschlagen. Man sah, wie er nachdachte, wie er sich unschlüssig war, wie er reagieren sollte. Und zu Francis' Erstaunen blieb er relativ ruhig.

„Wie lange?", wollte er wissen, dabei drückte er nervös auf der Schachtel herum.

„Fast zwei Wochen", sagte sie. Sie senkte den Kopf wieder, als wäre es ihr peinlich.

„Kann das nicht mal vorkommen?", fragte Neal daraufhin. Doch seine Schwester schüttelte sofort den Kopf.

„Bei mir war das immer pünktlich."

Neal nickte. Er sah plötzlich unheimlich erwachsen aus, wie um Jahre gealtert. Er stand wieder auf, ließ den Test auf dem Bett liegen und machte ein paar Schritte. Seine Stirn legte sich in Falten.

„Aber du hast doch die Pille genommen, hast du gesagt", startete er einen erneuten Versuch, den fatalen Verdacht einer Schwangerschaft aus dem Weg zu räumen. „Du warst doch beim Arzt, oder nicht?"

Fragend sah er seine Schwester an, die sich kaum zu rühren wagte. Sie haderte mit der Antwort.

„Ja, schon." Unglücklich sah sie auf. „Ich hatte sie mir besorgt."

„Ja, und?" Neals Stimme wurde lauter. Die Unsicherheit in ihm wurde immer größer.

„Man muss mit der ersten Pille anfangen, wenn die Monatsblutung beginnt", erklärte Francis. „Aber da ich ja gar keine Blutung hatte, konnte ich damit auch noch nicht anfangen."

Neals Mund öffnete sich. Er konnte nicht glauben, was er hörte.

„Aber du hast doch gesagt ...“ Er suchte händeringend nach Worten. „Ich dachte ...“

Fassungslos drehte er sich von ihr weg.

Das darf nicht wahr sein!, schoss es durch seinen Kopf. Bitte nicht!

Sein Herz klopfte aufgeregt. Ihm wurde schlecht. Schweißperlen machten sich auf seiner Stirn bemerkbar. Der anfängliche Schock war überwunden und nun spürte er nur noch Angst – und plötzlich auch Wut.

„Ich dachte die ganze Zeit, du nimmst sie schon. Bist du noch zu retten?“ Er verbarg sein verzogenes Gesicht, indem er aus dem Fenster sah.

„Wenn du dich alt genug fühlst, um mit einem Mann zu schlafen, dann musst du auch fähig sein, dich um die Verhütung zu kümmern!“

Er schrie diesen Satz fast hinaus und empfand es als befreiend. Er hatte nicht vor, seine Schwester zu beschimpfen, und doch merkte er, dass er seine Energie nicht anders loswerden konnte.

„Du hast dich ja auch nicht gekümmert!”, bekam er zur Antwort, und es klang trotzig. Da rastete Neal aus. Aufgebracht drehte er sich wieder um.

„Hör mal zu!”, schrie er seine Schwester an. „Nebenan habe ich Dutzende Kondome. Wer von uns beiden hatte denn ein Problem damit, die zu benutzen?“

Francis wich seinem Blick aus. Ihre Hand fuhr über ihre Augen. Sie begann zu weinen, und augenblicklich stellte sich bei Neal ein schlechtes Gewissen ein. Er kam auf sie zu und drückte sie an sich. „Mensch, du hättest doch mit mir reden können.“

Was anderes konnte er nicht von sich geben, und schließlich erhob er sich wieder. Die Unruhe in ihm war zu groß. Erneut nahm er den Test in die Hand.

„Wir sollten den erst mal machen ... Vielleicht ist ja auch nichts.“

Francis nickte still. Zusammen gingen sie in Neals Badezimmer, dort nahm er ein Zahnputzglas, wusch es aus und hielt es seiner Schwester entgegen.

„Hier rein und dann sehen wir weiter.“

Ihre Hand zitterte, als sie das Glas entgegen nahm. „Bleibst du hier?“

Neal atmete aus. „Ich mache den Test, aber pinkeln musst du schon alleine.“

Er küsste sie auf die Stirn und versuchte ein Lächeln. „Das wird schon schief gehen.“

Als er das Bad verließ, war sein Gesicht wie versteinert. Ungeduldig sah er aus dem Fenster. Immer wieder stellte sich ihm die Frage, was sie machen sollten, wenn ...

Hatten sie nicht schon genug Ballast am Hals? Wann hörte das endlich auf?

Er öffnete das Fenster, doch auch die frische Luft konnte ihn nicht von seinen quälenden Gedanken befreien. Er steckte sich eine Zigarette an, was ihm etwas Ruhe verschaffte, und dann ging auch wieder die Badezimmertür auf.

Francis war unheimlich blass. Auch sie schien den Ernst der Lage inzwischen zu begreifen.

„Dann wollen wir mal“, sagte Neal. Er klemmte sich die Zigarette zwischen die Lippen, dann ging er ins Bad, um den Test aus der Packung zu nehmen. Intensiv las er sich die Packungsbeilage durch, dann nickte er gefasst.

„Ganz einfach“, sagte er, während er das Teststäbchen in das Glas mit dem Urin tauchte, dann sah er auf die Uhr. „In 5 Minuten wissen wir Bescheid.“

Sein Blick wechselte zwischen Glas und Armbanduhr, und nun wagte sich auch Francis näher.

„Was muss denn zu sehen sein?“ Sie reckte ihren Hals und begutachtete den Test neugierig.

„Wenn in dem kleinen Feld oben zwei Striche sichtbar werden...“, erklärte Neal, während er erneut auf den Test schielte, „dann...“

Er brach den Satz ab und senkte die Hand mit der Uhr. Leicht kniff er die Augen zusammen, um den Teststreifen und das Testfeld genau erkennen zu können. Und wie von Geisterhand erschien neben dem ersten Streifen noch ein weiterer. Neal schüttelte den Kopf.

„Oder habe ich mich verlesen?“

Er nahm seine Zigarette, die er kurz auf dem Waschbecken abgelegt hatte, wieder in den Mund, dann verließ er den Raum mit der Packungsbeilage.

Francis hingegen starrte weiter auf den Test, der deutlich zwei blaue Streifen anzeigte.

„Neal, was bedeuten zwei Striche?“

Unsicher drehte sie sich um, doch Neal brauchte nichts sagen. An seinem Gesichtsausdruck konnte sie erkennen, wie die Antwort lautete.

Auf wackligen Beinen kam Francis aus dem Bad heraus, dann verließ sie das Zimmer. Neal konnte nur noch hören, wie sie sich im Nebenzimmer einschloss und zu weinen begann.

Er ließ ihr Zeit. Und zudem war er sogar froh, dass sie das Zimmer verlassen hatte. Er konnte nicht ausschließen, dass ansonsten Worte gefallen wären, die er im nachhinein bereut hätte.

Er lag auf dem Bett und starrte an die Decke. Immer wieder ging er die Situation durch, und immer wieder kam er zu dem Ergebnis, dass ihm etwas schlimmeres gar nicht widerfahren konnte.

Erst als das Telefon klingelte, musste er gezwungenermaßen an etwas anderes denken.

Das Haus der Andersons hatte mehrere Telefonanschlüsse, und auch Neal verfügte über einen Apparat. Als er abnahm, hörte er Richards aufgeregte Stimme.

„Sag mal, wo bleibst du denn? Ich warte schon ewig!“

Neal schloss kurz die Augen. Richard hatte er total vergessen. Und er bekam kaum einen Satz heraus, um sich zu entschuldigen.

„Sorry, aber mir ist was dazwischen gekommen.“ Er seufzte und richtete sich auf. „Ich melde mich, sobald etwas Ruhe eingekehrt ist, okay?“

„Äh, ja.“ Richard war perplex. „Was ist denn los?“

Doch Neal konnte nicht mehr antworten und legte einfach auf.

Schließlich zwang Neal sich aufzustehen. Und zu dem Zeitpunkt war ihm schon bewusst, dass es an ihm lag, die Fassung zu bewahren. Von seiner Schwester konnte er es unmöglich abverlangen.

„Francis?", fragte er liebevoll, dabei klopfte er an die Durchreiche in der Wand. „Bitte, wir müssen reden."

Es verging nicht viel Zeit, da hörte er, wie sie sich im Bett bewegte, und kurz danach gingen die Klappen in der Wand auf. Ihre Augen waren gerötet, doch sie weinte nicht mehr.

„Was sollen wir denn nur tun?" Das war das erste, was sie von sich gab. Erneut war sie den Tränen nahe.

„Lass mich rein", antwortete Neal, und er deutete auf ihre Zimmertür.

Als sie aufgeschlossen hatte, trat er zu ihr. Sein Entschluss stand längst fest.

„Nimm deine Jacke, wir fahren zu deiner Ärztin."

„Was?" Francis fuhr regelrecht zusammen. Unsicher nahm sie wieder auf dem Bett Platz, doch Neal griff sie sofort am Arm und zerrte sie wieder auf die Beine.

„Wir müssen Klarheit haben!", sagte er mit Nachdruck. Flüchtig sah er auf seine Uhr. Es war früher Nachmittag. „Bevor Mum und Dad zurück sind, müssen wir Klarheit haben."

Nun griff er selbst nach Francis' Jacke, die auf dem Stuhl lag, und reichte sie ihr.

„Das sollte doch auch in deinem Interesse sein."

Sie nickte still und zog sich an.

„Vielleicht hat sich der Test ja auch geirrt", sprach er noch zuversichtlich, doch inzwischen glaubte er nicht mehr daran.

Das lange Sitzen im Wartezimmer war für beide eine Qual. Sie hatten keinen Termin, das Zimmer war voller Patienten, und die Sprechstundenhilfe hatte nur auf Neals Drängen hin eine Ausnahme gemacht und sie „zwischen geschoben".

Als die Ärztin Frau Dr. Kress nach über einer Stunde

endlich Francis aufrief, blieb Neal sitzen. Erst als seine Schwester ihn flehend ansah und bat „Bitte, komm mit“, konnte er sich erheben.

Er grüßte die Ärztin leise, stellte sich vor, dann nahm er mit einem mulmigen Gefühl Platz. Francis setzte sich daneben.

„So, Francesca“, fing Dr. Kress sofort an, dabei studierte sie die passende Krankenakte. „Was kann ich denn für dich tun? Du warst doch erst vor kurzem hier.“

Neugierig sah sie das Mädchen an, welches mit der Antwort haderte. Hilfesuchend blickte sie ihren Bruder an, der dann das Wort für sie ergriff.

„Wir haben ...“, begann Neal, doch schnell verbesserte er sich. „Sie hat einen Schwangerschaftstest gemacht. Der war positiv.“

Er räusperte sich und bewegte sich nervös in seinem Stuhl. Dann spürte er Francis' Hand auf seinem Bein. Sie sah ihn dankbar an.

Frau Dr. Kress nickte nur kurz, zeigte sonst keine Regung. Neal hatte sofort das Gefühl, dass sie sich in guten Händen befanden. Die Ärztin schien seriös und diskret.

„Dann habe ich dir die Pille wohl zu spät verschrieben“, stellte sie seufzend fest. Dennoch lächelte sie, als sie sich erneut an Francis wandte.

„Um da wirklich sicher zu gehen, müsste ich dich noch einmal untersuchen.“

„Natürlich.“ Francis stand sofort auf, und wieder suchte sie Hilfe bei ihrem Bruder.

Jener hätte ihr zu diesem Zeitpunkt jeden Wunsch erfüllt, doch als er den nachdenklichen Blick der Ärztin im Augenwinkel sah, zwinkerte er seiner Schwester nur ermutigend zu.

„Das wirst du wohl ohne mich hinkriegen. Ich warte hier.“

Francis verstand, und sogleich war sie mit der Ärztin im Nebenraum verschwunden.

Nach einer halben Stunde ging die Tür vom Sprechzimmer wieder auf. Dr. Kress machte ein ernstes Gesicht, und auch Francis sah nicht glücklicher aus als zuvor.

„Und was ist?", fragte Neal dennoch in der Hoffnung, dass sich all seine Befürchtungen in Luft auflösen würden, doch er wurde enttäuscht.

Die Ärztin setzte sich und verkündete dann: „Ihre Schwester ist schwanger. Ungefähr in der sechsten Woche."

Eine Stille kehrte ein, selbst Francis setzte sich lautlos.

In Neals Kopf fing dann das große Rechnen an. Sechste Woche!

Demzufolge musste es schon gleich am Anfang passiert sein. Warum hatte er nicht aufgepasst? Er hätte sich selbst ohrfeigen können.

„Ich nehme an, deine Eltern wissen von nichts?", fragte Dr. Kress nun einfühlsam, woraufhin Francis nickte.

„Deswegen bin ich ja mitgekommen", schaltete Neal sich ein, um nun endlich seine Anwesenheit zu erklären. Er lächelte gequält. Am liebsten wäre er aufgestanden und gegangen. Was er gehört hatte, reichte ihm.

„Das ist sehr nett, dass Sie sich so um Ihre Schwester kümmern." Dr. Kress sah ihr Gegenüber lächelnd an. „So etwas erlebt man selten." Nach einer kurzen Pause fuhren ihre Fragen jedoch fort.

„Und der Vater des Kindes?" Prüfend war ihr Blick nun auf Francesca gerichtet, die ihren Kopf gesenkt hatte und für weitere Fragen eigentlich nicht bereit zu sein schien. „Hast du einen festen Freund?"

Francis schüttelte den Kopf, ohne aufzusehen. Unwillkürlich sah Dr. Kress wieder zu Neal.

„Sie hat keinen Freund", erklärte er, „... es war ... irgendwie ... ein Unfall."

Unsicher blickte er die Ärztin an, und er hoffte inbrünstig, dass sie seine Lüge abnahm.

„Hatte sie Verkehr mit einem Jungen von ihrer Schule oder aus der Nachbarschaft, den sie nicht wirklich gut kennt?"

Neals Mund blieb eine Weile offen stehen, als er die Worte der Ärztin hörte. Was er sich als Ausrede ausgedacht hatte, hätte er nicht anders formulieren können und nickte verkrampft. „Ja, das könnte man so sagen."

„Mmh“, machte Frau Dr. Kress nur daraufhin, es klang etwas unzufrieden, doch sie schien nicht weiter nachfragen zu wollen. Stattdessen suchte sie einige Unterlagen aus ihrem Schreibtisch zusammen, dann schrieb sie ein paar Dinge, und schließlich wandte sie sich wieder an Neals Schwester.

„Du bist noch sehr jung, Francesca, das erlaubt mir die Frage, ob du dir im klaren bist, was da auf dich zukommt? Wenn du dich nicht reif genug fühlst, musst du das Kind nicht austragen.“

Francis rührte sich nicht. Ihre Augen sahen starr zu Boden.

„Du hast noch acht Wochen Zeit, es dir zu überlegen“, fuhr Dr. Kress fort. „Ich bitte aber darum, dass du dich rechtzeitig bei mir meldest, wenn du dich entschieden hast.“

Dann reichte sie ihr ein kleines, blaues Heftchen. „Vorsorglich habe ich schon einen Mutterpass für dich angefertigt. Es wäre gut, wenn du den immer bei dir trägst.“

Nun sah Francis auf, und als sie das Heft vor ihren Augen erblickte, verzog sie das Gesicht.

„Das brauche ich nicht.“

Ohne weitere Worte stand sie auf und verließ das Arztzimmer.

„Sie ist durcheinander“, schaltete sich Neal ein, um das Verhalten seiner Schwester zu entschuldigen. Er erhob sich und griff dann nach dem Mutterpass. „Ich steck das so lange ein.“

Er versuchte ein Lächeln, was ihm deutlich schwer fiel.

„Wenn sie sich dagegen entscheidet“, sagte er noch mit leiser Stimme, „ wie wird das denn vor sich gehen?“

„Wir werden sie stationär aufnehmen müssen, dann wird der Embryo entfernt. Sie kann selbst entscheiden, ob sie Vollnarkose oder nur örtliche Betäubung möchte.“

Neal nickte, doch Dr. Kress bemerkte sofort, wie blass er wurde, und wie unsicher.

„Ihre Eltern müssen davon natürlich nichts erfahren.“

Neal schluckte. „Vielen Dank. Wir werden uns wieder melden.“

Als die Geschwister gegangen waren, ließ Dr. Kress nicht sofort den nächsten Patienten hereinrufen. Stattdessen sah sie aus dem Fenster, wo sie Neal und Francis zum Auto gehen sah. Vor dem Wagen blieben sie stehen. Neal umarmte seine Schwester tröstend, doch ihm selbst war die Verzweiflung in das Gesicht geschrieben. Und die Ärztin merkte jetzt schon, dass da irgendetwas nicht stimmte.

Neal war nun schon eine Weile gefahren. Sowohl er als auch Francis, brachten keinen Ton hervor, und Neal wusste selbst nicht, wohin er fahren sollte. Nach Hause wollte er auf keinen Fall. Und so war er ziemlich erleichtert, als er Francis hörte, wie sie „Ich hab Hunger", von sich gab. Sofort schlug Neal den Weg zu McDonald's ein, wo er ohne Worte ausstieg und Burger, Pommes und Cola kaufte.

Als er sich wieder in den Wagen setzte, riss Francis das Essen sofort an sich und schlang es wie ausgehungert in sich hinein. Neal hingegen nahm nur ein paar Pommes Frites und biss lustlos darauf herum.

Doch schließlich konnte Neal diese bedrückende Stille nicht mehr ertragen. „Ich will dir nicht reinreden", fing er an, „immerhin ist es dein Körper." Er sah kurz auf seine Hände, welche die Pommestüte fest umklammerten, dann blickte er neben sich, um seine Schwester direkt ansehen zu können. „Aber du musst daran denken, was so ein Kind in deinem Alter alles mit sich bringt. Denk an Mum und Dad, an die Schule, deine Freunde, was die alle sagen werden."

Er sah wieder nach vorne und fuhr sich über das Gesicht. Man sah ihm deutlich an, wie schwer es ihm fiel, darüber zu reden, und doch zermürbte ihn ein Gedanke am meisten.

„Man muss damit rechnen, dass das Kind vielleicht nicht ganz okay ist." Er kniff die Augen zusammen. So verzweifelt hatte Francis ihn noch nie gesehen. „Ich meine, wir sind Geschwister, unsere Gene ..."

„Das musst du mir nicht erklären", lenkte Francis nun ein. Sie unterbrach ihren Essanfall und wirkte plötzlich sehr gefasst. „Ich habe acht Wochen Zeit – ich werde mir das alles genau überlegen."

Neal nickte. „Das ist in Ordnung." Er startete den Wagen. Und sein Geist malte sich sofort wieder einen Plan zusammen. „Wir sagen Mum und Dad erst mal nichts. Du überlegst in Ruhe. Und ich?" Er seufzte. „Ich hoffe, du hast nichts dagegen, wenn ich mich aus der Sache erst mal raushalte. Sei nicht sauer, wenn ich öfter unterwegs sein werde."

Er fuhr Richtung Landstraße. „Ich muss den Kopf frei behalten, sonst bin ich dir bald auch keine große Hilfe mehr."

Es roch wunderbar nach Kaffee, als Neal erwachte. Und als er sich auf den Rücken drehte, konnte er auch das Aroma von frischen Brötchen wahrnehmen. Für einen kurzen Moment war er froh darüber, dass er bei André unterkommen konnte. Der hatte ihn quasi mit offenen Armen aufgenommen, wenn auch die Tatsache, dass Neal nur vor seinen familiären Problemen flüchten musste, beiden bewusst war.

Aber André bemutterte ihn hervorragend, und Neal konnte endlich ein wenig abschalten und seine Gedanken ordnen. Doch gerade, als er das zufrieden bemerkte, sprach André ihm ins Gewissen.

„Willst du dich nicht langsam mal wieder bei ihr melden? Sie wartet sicher."

Neal richtete sich auf. Sein Oberkörper war nackt. Er hatte nur eine zarte Brustbehaarung, seine Haut war weiß. Er war nicht sonderlich muskulös, aber auch nicht mehr so hager, wie zu seiner Jugendzeit. Dankbar griff er nach dem Becher Kaffee, den André ihm reichte.

„Sie weiß, dass ich ein paar Tage Ruhe brauche", erwiderte er, obwohl es nicht gerade überzeugend klang. Nachdenklich sah er durch das Zimmer, schien zu überlegen.

„Und deine Eltern?" André ließ nicht locker. Ihn hatte es sehr schockiert, dass aus der Liebelei vielleicht nun auch noch ein Kind hervorgehen würde, doch er hatte sich wie gewohnt schnell wieder unter Kontrolle gehabt. Und er hatte Neal versprochen, ihm zur Seite zu stehen, wo er nur konnte.

„Die denken, ich bin auf einem Seminar für Baukonstruktion“, erklärte Neal amüsiert, dabei dachte er mit Unbehagen an sein Studium. Er hatte es in letzter Zeit stark vernachlässigt. Und obwohl er sich schon im sechsten Semester befand, spürte er deutlich, dass dieser Berufsweg nicht das richtige für ihn war. Und als hätte er telepathische Kräfte ausgesandt, ging plötzlich das Telefon.

„Ja, er ist hier“, sagte André, nachdem er rangegangen war. Er reichte Neal den Hörer. „Richard!“

Sofort nahm Neal das Gespräch entgegen. In all der Aufregung hatte er seinen Bandkollegen total vergessen. Und der schien nicht gerade erfreut darüber.

„Mann, seit Tagen versuche ich dich zu erreichen“, stöhnte er. „Mensch, wir haben Post aus England. Narcotic-Records sind an uns interessiert!“

Richard verstummte, wartete anscheinend auf einen Jubel, Aufschrei oder wenigstens eine positive Äußerung von Neal, doch der schien ziemlich gelassen.

„Was haben die denn geschrieben?“

„Angerufen haben sie!”, erwiderte Richard aufgeregt. „Wir sollen uns an einen Produzenten der Plattenfirma wenden. Wir sollen vorspielen. Soll ich da zurückrufen?“

Neal überlegte. „Ja, mach das. Frage direkt nach einem Termin und nach der Anzahl der Bewerber, die noch so vorliegen. In der Regel lassen die einige Bands vorspielen. Kann sein, dass die uns nur hinhalten wollen.“ Er atmete geräuschvoll aus. „Es wäre allerdings genial, wenn es wirklich klappen sollte.“

Neal trug eine schwarze Cordhose und ein helles T-Shirt. Seine schwarze Lederjacke reichte nur bis zu seiner Taille. Mit guter Laune stieg er aus seinem Wagen. Er hatte Kuchen gekauft und wollte Francis damit überraschen. Zu lange hatte er sie nun alleine gelassen. Und mittlerweile fühlte er sich wieder stark genug, um den Problemen ins Auge sehen zu können.

Doch seine gute Laune wurde fast gänzlich zerstört, als ihm Thilo entgegen kam, der offensichtlich zu Besuch bei den Andersons war.

Was will der denn schon wieder hier?, dachte Neal. Augenblicklich spannten sich seine Muskeln an.

„Hast du nicht Freunde in deinem Alter, bei denen du dich rumtreiben kannst?“

Neals Stimme klang bissig. Er mochte es gar nicht, dass der siebzehnjährige Junge ständig die Nähe seiner Schwester suchte

„Ich habe Francis nur besucht“, gab Thilo zu verstehen. „Sie war ja heute nicht zur Schule.“ Es hörte sich wie ein Vorwurf an. Zudem war Thilos Blick durchbohrend, irgendwie abwertend. Ob er etwas ahnte?

Neal runzelte die Stirn, doch er ließ es sich nicht anmerken, dass ihn diese Begebenheit verunsicherte.

„Zieh Leine!”, forderte er den Jungen auf, dann wandte er sich dem Haus zu.

Und tatsächlich fand er seine Schwester im Bett liegend vor. Sie hatte die Augen geschlossen. Aber als sie hörte, wie jemand ihr Zimmer betrat, öffnete sie ihre Lider und begann zu lächeln.

„Ich dachte, du hast mich vergessen“, sagte sie, dabei richtete sie sich auf. Eine starke Blässe zierte ihr Gesicht. Neal umfasste mit seinen Händen ihre Wangen, dann küsste er sie auf den Mund.

„Hast du Hunger auf was Süßes?“ Er deutete auf den Obstkuchen, den er mitgebracht hatte. Seine Schwester rümpfte die Nase. „Danke, aber mir ist schlecht.“

Neal nickte. Und sofort stellte sich wieder das ungute Gefühl in seinem Magen ein. Es lag immer noch eine schwere Entscheidung vor ihnen, und obwohl erst ein paar Tage nach dem Arztbesuch vergangen waren, wagte er es, nach ihrer Meinung zu fragen. Er nahm ihre Hände, setzte sich zu ihr an das Bett und sah ihr dabei tief in die Augen.

„Hast du dir schon irgendwas überlegt?“

Zu seinem Erstaunen nickte sie sofort.

„Ja, ich habe es mir überlegt. Ich will das Kind haben.“

Sie lächelte über das ganze Gesicht und registrierte im ersten Moment gar nicht, dass Neal weniger erfreut darüber schien. Er lächelte nicht. Stattdessen sah er bestürzt zu Boden.

„Wenn es deine Entscheidung ist.“ Er erhob sich wieder. Seine gute Laune war verflogen. Und er musste sich eingestehen, dass er mit dieser Entwicklung nicht gerechnet hatte.

„Dir scheint das nicht zu gefallen“, hörte er seine Schwester sagen. Diese hatte sich inzwischen überwunden und doch ein Stück Kuchen genommen.

Neal haderte mit der Antwort. „Um ehrlich zu sein“, fing er an, „habe ich nicht damit gerechnet in meinem Alter schon Vater zu werden.“ Er seufzte und fuhr sich über das Haar. „Und du bist nicht mal sechzehn.“

Er drehte sich zu ihr um, doch sie wirkte relativ gelassen, als hätte sie schon alles gut durchdacht. Woher nahm sie diese Kraft?

„Was ist mit der Schule und deinen Freunden?“

Sie zuckte mit den Schultern. „Wenn es mir besser geht, dann werde ich es erzählen. Und was ich durch die Schwangerschaft verpasse, hole ich einfach nach.“

„Aha.“ Mehr konnte Neal dazu nicht sagen. Er konnte sich wirklich nicht freuen. Ständig musste er an die Schwierigkeiten denken, die auf sie zu kommen könnten. Wieso konnten sie nicht einfach von dieser Sache verschont werden?

„Und dieser komische Thilo?“, hakte er nach. „Der weiß das schon?“

Francis nickte still.

„Weiß er auch, dass ich ...?“

Da schüttelte sie den Kopf. „Das habe ich nicht gesagt.“

Neal sah nicht zufriedener aus, dennoch war er froh, dass seine Schwester nicht erzählt hatte, wer der Vater des Kindes war.

„Nun gut“, gab er jetzt von sich und griff ebenfalls nach einem Stück Kuchen. „Dann gehen wir in den nächsten Tagen zu Dr. Kress und schildern die Lage.“ Er machte eine nachdenkliche Pause, und was er nun dachte, verstimmte ihn noch um einiges mehr. „Und danach müssen wir wohl mit

Mum und Dad sprechen."

Sie hatten erst einen Termin in der darauf folgenden Woche bekommen, doch Francis blieb sich ihrer Entscheidung sicher.

Als sie im Zimmer der Ärztin saßen, machte sie einen gefassteren Eindruck als beim letzten Besuch.

„Ich möchte das Kind haben", sagte sie, und es klang ein wenig stolz. Sie hatte nicht vor, das kleine Leben in ihr zu beseitigen. Es war ein Teil von ihr – und ihrem Bruder, den sie von ganzem Herzen liebte.

Frau Dr. Kress nickte. Sie hatte sich schon einige Papiere zurecht gelegt, die sie nun Francis aushändigte. „Ich habe die nächsten Termine aufgeschrieben. Du wirst öfter vorbei kommen müssen als ältere Frauen." Die Ärztin lächelte. „Ich möchte sicher gehen, dass die Schwangerschaft gut verläuft."

Francis nickte zufrieden. Sie hatte Vertrauen zu der Ärztin und fühlte sich nun um einiges besser. Im Gegensatz zu Neal, der die ganze Zeit nur still auf seinem Stuhl gesessen und zu all dem nichts gesagt hatte. Dr. Kress hatte sehr wohl bemerkt, dass Neal in großer Sorge war, doch sie wusste es zu schätzen, dass er sich nicht einmischte.

Als sie fertig waren, deutete er zur Tür, dabei zwinkerte er seiner Schwester zu. „Ich komme gleich nach."

„Okay", erwiderte sie, überrascht darüber, dass Neal noch etwas mit der Ärztin alleine besprechen wollte. Doch ebenso vertraute sie ihm.

Als sie das Zimmer verlassen hatte, wurde Neals Gesicht noch bedrückter.

„Ich muss Ihnen etwas sagen", fing er an. Nervös rutschte er auf dem Stuhl herum, und trotz allem empfand er es als richtig, die Ärztin endlich einzuweihen.

„Der Vater des Kindes, der Junge, den wir nicht genau kennen ..."

Er stoppte und überlegte seine folgende Wortwahl. Dr. Kress sah ihn neugierig an. „Ja?"

„Diesen Jungen gibt es gar nicht", erklärte Neal

schließlich. Er seufzte. „Der Vater des Kindes bin ich."

Er sah kurz zu Boden, als würde er sich schämen, doch dann fand er es angebrachter, der Ärztin genau in die Augen zu sehen. Und er bemerkte dabei, dass sie keinesfalls groß überrascht war.

„Ich habe es vermutet", sagte sie. „Über Sie wird viel in den Zeitungen geschrieben. Ob es stimmt oder nicht?" Sie zuckte mit den Schultern. „Aber ein Bruder, der mit seiner Schwester einen Schwangerschaftstest macht, sie zum Arzt begleitet, ihren Mutterpass aufbewahrt – das ist schon ziemlich ungewöhnlich."

Da musste Neal sogar verlegen grinsen, obwohl er sofort merkte, dass der Ärztin nicht nach Späßen zumute war.

„Die Dunkelzahl von Inzest-Kindern ist wohl niemandem direkt bekannt", fügte sie hinzu. „Neal, ich muss Sie fragen, und es ist wichtig, dass Sie mir die Wahrheit sagen, sonst sehe ich mich verpflichtet, diesen Fall zu melden."

Neal schluckte. Sein Leib verkrampfte sich. Unsicher sah er die Ärztin an.

„Was wollen Sie wissen?"

„Haben Sie Ihre Schwester missbraucht? Vergewaltigt?"

„Nein!" Neals Augen wurden weit vor Entsetzen. Mit einem derartigen Verlauf des Gespräches hatte er nicht gerechnet. Er wollte doch nur ehrlich sein, und nun ... „Ich habe nichts getan, was sie nicht wollte." Flehend sah er die Ärztin an. „Bitte, Sie müssen mir glauben. Fragen Sie Francis selbst, aber bitte, melden Sie uns nicht."

Dr. Kress nickte, trotzdem schien sie weiterhin nachdenklich.

„Ihnen ist hoffentlich bewusst, was so eine Schwangerschaft bedeutet?"

„Ja." Neals Stimme wurde leiser. „Deswegen wollte ich ja mit Ihnen reden."

Er machte eine kurze Pause, dann sprach er das aus, was er eigentlich auf dem Herzen hatte.

„Wir sind Halbgeschwister. Francis hat einen anderen Vater", erklärte er. „Da ist doch die Gefahr einer auftretenden Erbkrankheit bei dem Kind deutlich geringer, oder?"

Man spürte die Anspannung in ihm. Dr. Kress konnte ihn etwas beruhigen, wenn auch nicht vollkommen.

„Wenn Geschwister sich fortpflanzen liegt die Wahrscheinlichkeit für das Auftreten einer rezessiv vererbten Krankheit bei ungefähr 25 %."

Ein erneuter Schauer ging durch Neals Körper. „So viel?"

Die Ärztin nickte bestätigend. „Da Sie keine vollbürtigen Geschwister sind, wird die Wahrscheinlichkeit für eine Erkrankung definitiv geringer sein, aber ganz ausschließen kann man das nicht."

Neal schloss die Augen. Er war zum einen erleichtert, und dennoch ließ die Angst in ihm nicht nach. Wieso musste das mir passieren, hämmerte es in seinem Kopf. Wieso mir?

„Sie will das Kind unbedingt", sagte er. „Ich bin nicht für Abtreibungen, wenn es nicht Not tut, aber ich weiß gar nicht, wie sie damit klar kommen will, wenn das Kind nicht in Ordnung ist."

Verzweifelt sah er durch den Raum, fuhr sich über das Gesicht.

„Wir werden rechtzeitig alle Untersuchungen durchführen, die für eine Früherkennung möglich sind", hörte er Dr. Kress sagen.

Nun lächelte er dankbar. Trotzdem sah er mitgenommen aus.

„Danke, dass ich mit Ihnen reden konnte." Nur zaghaft stand er auf.

„Selbstverständlich." Dr. Kress kam näher. Und obwohl sie Mitgefühl, vielleicht auch Mitleid für das Geschwisterpaar empfand, musste sie aussprechen, zu was sie als Ärztin verpflichtet war. „Was Sie mir erzählt haben, unterliegt natürlich der Schweigepflicht. Sollte ich dennoch merken, dass zwischen Ihnen und Francis etwas nicht in Ordnung ist, dass Sie mir etwas verheimlicht haben oder vorspielen, sehe ich mich gezwungen, diese Schweigepflicht ordnungsgemäß zu brechen und Sie anzuzeigen."

Neal nickte verständnisvoll, obwohl ihm diese Worte allmählich das Genick brachen. Er war wie benommen, als er das Zimmer verließ. Er fühlte sich wie ein Schwerverbrecher, wie ein Greis und todkranker Mann in einem.

Er hatte Tränen in den Augen, als er Francis' Schulter umfasste und sie nach draußen begleitete.

Am Abendbrotstisch fehlte Francis. Sie hatte in den letzten Tagen schon über Übelkeit und Sodbrennen geklagt, und nun war es noch schlimmer geworden.

Als Neal mit seinen Eltern alleine war, fand er endlich die Gelegenheit, um die Schwangerschaft anzusprechen. Und er wusste, dass seine Schwester wohl alleine nicht in der Lage gewesen wäre.

„Ich muss euch etwas sagen", begann er in einem ernsten Ton. Er merkte, wie das Blut aus seinem Gesicht wich. Ihm wurde vor Anspannung richtig schlecht.

Seine Eltern sahen ihn sofort aufmerksam an, so dass Neal nicht länger zögern konnte.

„Es geht um Francis", fuhr er fort, „und ich möchte, dass ihr nicht gleich hysterisch werdet, noch wütend oder verzweifelt, wenn ihr es erfahrt."

Peter und Stephanie sahen sich fragend an. Selten tat ihr Sohn so „geheimnisvoll". Es lag nahe, dass es sich um eine heikle Angelegenheit handelte.

Peter nickte daraufhin und legte sein Essbesteck weg. „Schieß los."

„Also, Francis ist ... schwanger."

Nun ist es raus, durchschoss es Neals Gedankengänge. Endlich! Zum einen war er erleichtert und zum anderen noch immer angespannt. Eine bedrückende Stille stellte sich ein. Dann verzog Stephanie das Gesicht.

„Was? Wie bitte?"

Sie erhob sich vom Tisch, worauf ihr Mann sie an der Hand festhielt. Er blieb wie immer sehr gefasst.

„Steph, er hat uns gebeten, die Fassung zu bewahren."

Neal nickte, und Stephanie setzte sich wieder.

„Wir helfen ihr am wenigsten, wenn wir sie verunsichern oder ihr Vorwürfe machen."

Er atmete angestrengt. Dann erzählte er, wie lange die

Schwangerschaft schon bestand, und dass sich Francis ziemlich sicher war, das Kind behalten zu wollen. Seine Mutter wurde daraufhin ziemlich blass.

„Sie ist doch selbst noch ein Kind“, stellte sie fest. „Wie konnte das denn passieren? Wer hat ihr das angetan? Wer?“

Neal schluckte. Ihm schoss das Blut zurück in das Gesicht.

Verkrampft hob er die Schultern an. „Ich weiß es nicht.“

Unsicher sah er zu Boden. Und zu seinem Glück, fragten sie nicht mehr nach, sondern standen eher unter Schock. Stephanie hatte sich als erste wieder im Griff.

„Ich geh zu ihr“, sagte sie. Sie stand wieder auf.

„Mach ihr keine Vorwürfe“, bat Neal erneut. Sie nickte.

Und es war endlich eine Situation geschaffen, in der sie ihrem Sohn nicht widersprach.

Doch kaum war sie in Francis’ Zimmer verschwunden, regte sich Peter. Er sah sichtlich unzufrieden aus. Er faltete die Hände auf seinem Schoß, sah auf seinen Teller, den ganzen Tisch, der reichhaltig gedeckt war, und schließlich sah er zu seinem Sohn, der den Kopf verzweifelt gesenkt hatte.

„Wenn es stimmt, was ich vermute ...“, begann er mit einer äußerst ernsten Stimmlage. Angestrengt atmete er aus, denn sein Sohn machte keine Anstalten, gegenan zu gehen.

„Ich würde dich grün und blau schlagen, wärst du mein richtiger Sohn.“

Er sagte dies mit einer Gefühlskälte, die Neal selten erlebt hatte. Und wie immer, wenn es Probleme gab, zog sich Peter in seine Bibliothek zurück, um dort an der kleinen Bar einen „Wehmutstropfen“ einzunehmen.

Neal folgte ihm fast geräuschlos. Und am liebsten wäre er gestorben, um nicht weiter miterleben zu müssen, welchen Kummer er seinem Vater zufügte.

„Ich kann verstehen, dass du mich jetzt hasst.“

Peter schüttelte vehement den Kopf. „So ein Unsinn!“, fauchte er. „Ich hasse dich nicht.“

Er nahm einen großen Schluck des Cognacs, den er sich in das Glas gegossen hatte, dann schenkte er auch seinem Sohn etwas ein und reichte es ihm, ohne ihm direkt in die Augen zu sehen.

Neals Hände zitterten, als er das Glas zum Mund führte und den Alkohol durch seine Kehle fließen ließ. Feurig brannte er in seinem Mund, aber das elende Gefühl in ihm wurde nicht wirklich besser.

„Ich dachte, nach deinem Geständnis ...“ Peter nahm das Gespräch wieder auf und konnte kaum ruhig dabei bleiben. „Ich bin davon ausgegangen, dass ihr das ganze beendet habt!“

Neal schüttelte nur wortlos den Kopf. Man sah ihm an, wie die Last auf ihm lag. Und noch bedrückender hätte die Sachlage kaum werden können.

„Wir sind dabei, es zu beenden. – Es klappt nicht so ganz. Und schwanger ist sie schon ganz am Anfang geworden. Wir haben nicht aufgepasst.“

„Ihr habt nicht ... !?“ Peter biss sich auf die Zunge. So eine dämliche Aussage hatte er lange nicht mehr gehört. Und jetzt hörte er so etwas von seinem Sohn? „Bist du noch zu retten? Junge, was ist denn bloß in dich gefahren?“

Peter schüttelte fassungslos den Kopf, und dann bemerkte er etwas, was er bei Neal schon lange nicht mehr gesehen hatte. Sein Sohn weinte. Er hatte den Kopf gesenkt, sein Körper zuckte unkontrolliert. Und als er seinem Vater wieder in die Augen sah, benetzten die Tränen seine schmalen Wangen.

„Ich wollte das nicht, Dad“, sagte Neal. Er fuhr sich über die Augen. „Du glaubst gar nicht, wie ich mich dafür schäme.“ Er drehte sich um und verbarg seine Verzweiflung. „Ich halte das langsam nicht mehr aus.“ Neal nahm den letzten Schluck aus seinem Glas, dann wandte er sich wieder um. „Und ich werde dafür gerade stehen.“ Es klang verbissen. Sein Gesichtsausdruck war gefasst. „Ich werde Francis unterstützen, wo ich nur kann.“

Peter rannen kalte und heiße Schauer über den Rücken. Es rührte ihn, und irgendwie spürte er auch Verständnis für das, was vorgefallen war. Und trotzdem wusste er, dass es so nicht weitergehen konnte.

Er nahm auf dem großen Sessel hinter dem Schreibtisch Platz und blieb relativ sachlich.

„Wenn das an die Öffentlichkeit gerät, bist du dran, mein Junge“, sagte er direkt. „Dann kann ich dich auch nicht länger schützen. Die Medien werden dich in Stücke reißen, dein Ruf wäre hier ein für alle Male ruiniert. Du könntest dich nirgends mehr blicken lassen, zudem wird sicher der ein oder andere dafür sorgen, dass du dich vor einem Gericht dafür verantworten musst.“

Neal nickte. Noch immer wirkte er angespannt.

Und auch Peter sah mitgenommen aus und schien voller Sorge.

„Wenn Stephanie das erfährt ...“ Er schüttelte erneut den Kopf. „Das würde ihr Herz nicht verkraften. – Und Francis? Wie stellt sie sich das vor? Das Kind wird seinen richtigen Vater nicht bewusst kennen lernen. Auch wenn du zu dem Kind stehst. - Du musst dich verleugnen! Eine andere Möglichkeit gibt es nicht.“

Seufzend stellte Neal sein Glas auf den Tisch. Ihm war das alles längst bewusst. Er musste ständig daran denken. Er war schwach. Länger hätte er das Glas nicht halten können. Seine Kraft schien gleichzeitig mit seinem Leben in einen großen Scherbenhaufen zu zerfallen.

„Momentan sehe ich nur eine Lösung des Problems“, fügte Peter hinzu. Er war sich sicher. „Du musst ausziehen. Vielleicht wird man die Blicke dann weniger auf dich richten.“

Ein resignierendes Lächeln flog über sein Gesicht. Inzwischen konnte er fast über sich lachen, denn schlimmer konnte seine Lage gar nicht werden. Bevor ihn alle Kräfte verließen, schaffte er es noch einmal aufzusehen.

„Ihr müsst endlich Abstand voneinander bekommen“, hörte er Peter sagen.

Und ohne es wirklich zu wollen, stimmte Neal zu. Er war am Boden. Zu schwach um sich in irgendeiner Weise zu wehren.

„Okay“, kam es nur flüsternd über seine trockenen Lippen. „Ich ziehe aus. Schon gleich morgen.“

An diesem Abend wurde es ruhig im Hause Anderson. Neal zog sich zurück, um die Sachen zu packen. Stephanie leistete ihrem Mann in der Bibliothek Gesellschaft. Sie erfuhr vorerst nicht, was Peter mit seinem Sohn besprochen hatte.

Dass Francis schwanger war, beschäftigte Stephanie sehr. Große Sorge war in ihr Gesicht geschrieben. Stundenlang diskutierte sie mit ihrem Mann die Situation, aber Peter konnte keine wirklichen Worte finden. Er wünschte sich insgeheim nur, dass das Kind gesund zur Welt kam und sein Sohn von jeglichen Beschuldigungen verschont bleiben würde.

Ganz früh am Morgen begab sich Neal zu seiner Schwester ins Zimmer. Sie schlief noch fest, so dass Neal sie wecken musste, indem er ihr sanft an die Schulter griff.

Aus verschlafenen Augen sah sie ihn an.

„Was ist denn?" Sie schielte auf den Wecker, der noch nicht einmal sieben Uhr anzeigte.

„Ich ziehe aus", gestand Neal. Und sogleich wurden Francis' Augen weit.

„Wieso das?" Sie richtete sich auf, und dann konnte sie Neals Tasche auf dem Boden erkennen.

„Dad meint, es ist besser so. Und ich glaube, er hat Recht." Neal seufzte. Das traurige Gesicht seiner Schwester machte ihn betroffen. Er nahm sie in den Arm.

„Ich bleibe in der Stadt. Ich werde immer erreichbar sein." Er löste sich, dann sah er sie eindringlich an. „Es wird genug Trubel geben, wenn man erfährt, dass du schwanger bist. Und wenn uns wieder so was passiert, wie auf der Modenschau ..." Er schüttelte den Kopf. „Das können wir nicht riskieren."

Er gab ihr einen Kuss auf den Mund, dann legte er seine warme Hand auf ihren Bauch.

„Ich melde mich." Mit seinen blauen Augen zwinkerte er ihr noch einmal zu, dann stand er auf und verließ ihr Zimmer.

Er wollte gerade das Haus verlassen, als er Stephanie hörte, wie sie ihm nachrief:

„Wo willst du denn so früh hin?"

Sie kam die Treppe herunter, und er wusste, dass er

seine Entscheidung nicht länger vor ihr verheimlichen konnte. Daher stellte er die Tasche ab und drehte sich lächelnd um.

„Ich muss zu einem Seminar“, sagte er, was dann doch gelogen war. „Und danach werde ich bei einem Freund unterkommen. – Ich ziehe aus.“

Wie erwartet erschrak seine Mutter gewaltig. Sie kam auf ihn zu und strich ihm über die Wange.

„Wieso ausziehen? Das ist doch nicht nötig!“

Neal wandte sich. Unmöglich wollte er seine Mutter aufregen.

„Ich finde hier momentan keine Ruhe“, erklärte er, und hoffte, dass sie das verstehen würde. Denn für sein Studium hatte sie stets großes Verständnis aufgebracht.

„Es stehen einige Prüfungen an, ich muss lernen, mich mit Kommilitonen treffen, oft in die Stadt.“ Er seufzte. Ihm fiel die Entscheidung wirklich schwer. „Und dann diese blöden Artikel in den Zeitungen.“ Er dachte an einen weiteren Bericht, der vor wenigen Tagen in der Presse erschienen war. Man ließ nicht locker an den Vermutungen, dass er tatsächlich eine Liebschaft mit seiner Schwester hatte. Zudem saß ihm Dr. Kress im Nacken, die bei Ungereimtheiten sofort ihre Schweigepflicht brechen wollte. Und er hatte es satt, sich ständig rechtfertigen zu müssen.

„Ich brauche wirklich etwas Abstand.“

Nun nickte Stephanie sogar, was Neal aufatmen ließ. Er griff in seine Hosentasche und zog einen Zettel mit Andrés Telefonnummer hervor.

„Falls ihr mich erreichen möchtet, bin ich dort zu finden.“

Carsten hatte den Paragraphen 211 des Strafgesetzbuches aufgeschlagen und las laut daraus vor:

„Wer mit seinem Bruder oder mit seiner Schwester den Beischlaf vollzieht, ist mit Freiheitsstrafe bis zu sechs Monaten zu bestrafen.“

Neal lachte künstlich auf. „Na, da habe ich ja richtig Glück gehabt.“ Er schüttelte verzweifelt mit dem Kopf. André, der ebenfalls anwesend war, schaltete sich sofort ein.

„Man kann das doch sicher auch mit einem angemessenen Strafgeld regeln, oder nicht?“ Fragend sah er in die Runde. Carsten zuckte mit den Schultern. „Kommt ganz auf die Richter drauf an.“

„Moment!“, fuhr Neal ihnen ins Wort. „Noch bin ich überhaupt nicht angeklagt wegen irgendetwas!“, stellte er lauthals fest. „Und mir soll man erst mal was beweisen.“

Eine bedrückende Stille stellte sich ein, in der Neal erneut zu grübeln begann.

„Kann man mich zu einem Vaterschaftstest zwingen?“

Carsten seufzte. Er klappte das Buch zu. „Wenn du Pech hast, ja.“

Neal ließ den Kopf hängen. Bis jetzt hatte er nichts zu befürchten gehabt. Und dennoch musste er sich seelisch auf mögliche Komplikationen einstellen.

„Was soll ich bloß machen?“ Fragend sah er seine Freunde an, die mit ihm an dem Tisch saßen. Er war froh darüber, dass er mit Carsten und André offen reden konnte, obwohl diese genauso wenig wussten, was am Besten zu tun sei.

Sie dachten angestrengt nach, bis sich André schließlich zu Wort meldete:

„Wenn ihr mich fragt – gehst du Francis besser aus dem Weg. Treffen solltest du sie heimlich. Und wenn du sie trotzdem in der Öffentlichkeit sehen willst, solltest du eine Freundin dabei haben.“

Neal kniff die Augen zusammen. Er schien nicht zu verstehen, woraufhin André hinaus wollte.

„Was für eine Freundin? Wieso?“

Für Carsten war die Theorie einleuchtend. „Ist doch klar. Sollte irgendein Fotograf scharf auf Fotos sein – von Francis und dir – wird er sich als erstes fragen, wer die andere Frau an deiner Seite ist. Und schon bist du auf der sicheren Seite.“

Er lächelte André zu, der von seiner Idee augenfällig begeistert war.

„Klar, präsentierst du der Öffentlichkeit eine neue Freundin, wird niemand glauben, dass du der Vater von Francis’ Kind bist.“

Neal nickte. Er schien zu begreifen. Und doch stimmte

ihn die Sache nachdenklich.

„Und wer soll diese neue Freundin sein?“

Neal drehte sich im Schlaf. Er sah Frau Dr. Kress vor sich, dann seine Mutter, wie sie aufgeregt schimpfte: „Was bist du für ein Sohn? Ein verdorbener Sohn!“

Dann wankte Neal durch die Gänge eines Krankenhauses. Das seelische Leid war ihm ins Gesicht geschrieben. Auf dem Boden lagen Zeitungen. Sie zeigten sein Foto. Immer wieder sprangen ihm Überschriften in die schmerzenden Augen. „Blutschande ... Wer wird ihn endlich bestrafen?“

Schließlich war sein Weg zu Ende. Ärzte sahen ihn an. Sie schüttelten alle den Kopf.

„Es tut uns Leid, aber ihre Schwester ist bei der Geburt gestorben.“

Neal schrie auf, sank in die Knie. „Aber das Kind können Sie haben, solange es noch am Leben ist.“

Dann kam eine Hebamme mit schnellem Schritt. Und ehe sich Neal versah, wurde ihm ein Säugling in die Arme gedrückt. Als er das Baby ansah, begann er zu würgen ...

Er schreckte hoch. Sein Leib war verschwitzt. Vor seinen Augen kamen langsam die Konturen von André zum Vorschein.

„Ist alles okay?“

Neal nickte. Sein Gesichtsausdruck zeigte dennoch etwas anderes. Er war blass, seine Nase spitz und seine Wangen hohl. Er griff zu der Wasserflasche, die am Bett stand, um daraus ein paar gierige Schlucke zu trinken.

„Ich habe schlecht geträumt, mehr nicht.“

Er griff zur Nachttischlampe, um Licht zu machen.

„Du siehst nicht gut aus.“ Andrés Stimme war besorgt. Seine schmale Hand strich über den nackten Oberkörper seines Freundes.

„Mir geht so viel im Kopf herum“, gestand Neal. Er seufzte tief. „Ich mache mir Sorgen um das Kind. - Es könnte Hirnschäden haben, Kleinwuchs oder sonstige Krankheiten.“ Verzweifelt sah er André an. „Weißt du, wie schlimm das wäre?“

André rutschte noch ein Stück näher, dann umfasste er Neals Körper.

„Ihr seid doch gar nicht hundertprozentig miteinander verwandt. Ihr seid beide gesund, eure Gene sicher topfit.“ Er sah Neal hoffnungsvoll an. „Ich denke nicht, dass das Kind krank sein wird.“

Sie blickten sich eine Weile tief in die Augen, dann begann Neal leicht zu lächeln.

„Danke.“ Er drückte André an sich. „Du weißt gar nicht, wie froh ich bin, dich zu haben.“

Dass Francis schwanger war, hatte sich inzwischen an der Schule herumgesprochen. Die Lehrer hatten es mit Erstaunen, dennoch mit Fassung aufgenommen, und auch die Mitschüler reagierten unerwartet verständnisvoll.

Ruth und Lissy schienen sogar begeistert und verfolgten die Entwicklung gespannt. Trotzdem hörten sie nicht auf, Francis nach dem Vater des Kindes zu befragen. Aber ihre Freundin schwieg wie ein Grab.

Das Wetter war inzwischen herbstlicher geworden. Neal hatte trotzdem das Cabriodach offen. Die Reifen der Corvette fuhren knisternd über den Parkplatz. Schnell war die Aufmerksamkeit der Schüler geweckt. Und besonders Ruth reckte den Hals.

„Was ist denn das für eine Frau bei deinem Bruder im Auto?“

Nun drehte sich auch Francis herum. Sie sah zuerst erschrocken aus. Ihren Bruder hatte sie schon seit einigen Tagen nicht mehr gesehen. Dass er hier an die Schule kam, damit hatte sie nicht gerechnet. Und dass er zudem eine weibliche Begleitung mitbrachte, stimmte Francis fast wütend.

„Keine Ahnung.“

Sie machte ein nachdenkliches Gesicht. Dennoch nahm sie ihre Schultasche und steuerte direkt auf den Wagen zu. Als sie vor dem Auto stehen blieb, erhellte sich ihr Gesicht. Die Frau neben Neal war kein anderer als André.

Seine Augen waren mit einer Sonnenbrille verdeckt, sein Gesicht war auffällig geschminkt.

Er trug eine dunkle Seidenbluse und dazu einen kurzen Minirock. Sein Haar hatte er glatt nach unten gekämmt.

Francis konnte sich ein Lachen nicht verkneifen. „Was soll das denn werden?“

Neal zwinkerte ihr zu und deutete auf den Rücksitz. „Steig einfach ein. Wir erklären es dir später.“

Neal hatte braune Wildlederschuhe an, die auf dem Asphalt keinen Laut erzeugten. Seine blaue Jeans warf unten an den Beinen einen weiten Schlag. Über der Hose trug er ein rosafarbenes Hemd und ein dunkles Jackett. Ohne weiteres hätte man ihm jetzt schon den erfolgreichen Sänger abkaufen können.

Und nachdem sie in einem Café in der Stadt Platz genommen hatten, berichtete Neal:

„Ich fahre mit Richard nach London. Wir werden dort bei einer Plattenfirma vorspielen und vielleicht auch neue Musiker finden.“

Erwartungsvoll sah er seine Schwester an, die sich allerdings mehr mit dem großen Eisbecher beschäftigte, als mit seinen Neuigkeiten.

„Ich werde eine Weile weg sein.“

Francis nickte verständnisvoll. „Schön, dass euer Demotape gut angekommen ist.“

Neal atmete auf. Er hatte nicht damit gerechnet, dass seine Schwester so locker mit der Situation umgehen würde.

„Wenn irgendwas sein sollte, kannst du dich an André wenden. – Und London ist ja auch nicht weit entfernt.“

„Klar!“ Francis lächelte. Dabei schob sie sich einen Löffel mit Erdbeeren in den Mund. Sie hörte nicht auf zu schmunzeln, als sie André betrachtete.

„Und warum hast du dich so verkleidet?“

Ihr Gegenüber verzog leicht das Gesicht. Er fühlte sich wohl in der Rolle der Frau und schien es nicht zu tolerieren, dass man sein Outfit als „Verkleidung“ abstempelte.

„Ich bin Neals bessere Hälfte“, gab er zu verstehen.

Francis stutzte. Fragend sah sie die beiden Männer an. „Hab ich da was verpasst?“

Neal winkte sofort ab. Unmöglich wollte er seiner Schwester in dem Glauben lassen, er und André seien ein Paar.

„Das machen wir wegen der Presse. Falls uns jemand beobachtet." Unauffällig sah er sich um. „Niemand darf auf den Gedanken kommen, dass ich der Vater deines Kindes bin."

„Verstehe." Betrübt senkte Francis ihr Haupt. Sie verstand die Vorgehensweise ihres Bruders, und trotzdem hätte sie sich einiges anders gewünscht.

V.

Francis spürte eine große Erleichterung, als sie die Praxis von Frau Dr. Kress verließ. Bis jetzt verlief die Schwangerschaft problemlos, und das Kind war normal entwickelt.

Inzwischen hatte sie sich auch schon an die Blicke gewöhnt, die ihr entgegen kamen, wenn sie die Fußgängerzone überquerte. Sie war zu jung für ein Kind, das war ihr bewusst, und man sah es ihr an. Aber mit der Zeit hatte sie gelernt, damit umzugehen, und sie hatte sogar das Gefühl, als ob sie in den letzten Wochen wenigstens seelisch erwachsener geworden war.

Betrübt machte sie nur die Tatsache, dass ihr Bruder länger in London blieb, als vorgesehen. Tage und Wochen vergingen. Und wenn er sich telefonisch meldete, versprach er stets seine baldige Rückkehr, die dann aber doch nicht eintrat.

Vorsichtig stieg sie aus der S-Bahn aus. Ihr Bauch hatte inzwischen Formen angenommen. Und als sie langsam nach Hause ging, hörte sie hastige Schritte hinter sich. Es war Thilo, der ihr auf dem Weg Gesellschaft leistete.

„Geht es dir gut?“, wollte er wissen. Beiläufig nahm er ihr die Einkäufe ab.

Sie versuchte ein Lächeln. „Eigentlich schon.“

„Ist dein Bruder immer noch weg?“

Francis nickte. Augenblicklich wurde ihr Blick traurig, so dass Thilo nicht mehr nachfragte.

Bei den Andersons angekommen, gingen sie in den Garten. Die Herbstsonne war noch kräftig. Sie setzten sich auf die Liegestühle und fuhren mit dem Gespräch fort.

„Mich geht es ja nichts an“, sagte Thilo, „aber wie du deinen Bruder anhimmelst, das ist nicht normal.“

„Wieso?“ Francis tat ahnungslos, dabei war ihr das Thema sichtlich peinlich. Nervös strich sie über ihren Bauch. Schließlich griff sie zu einer Decke, um sich damit zuzudecken.

„Na ja“, versuchte Thilo zu erklären. „Seit er weg ist, bist du mies drauf. Und wenn er da ist, dreht sich alles um ihn. Man könnte annehmen, die Zeitungen haben Recht, mit dem, was sie schreiben."

„Ach." Francis machte eine gleichgültige Handbewegung. „Das ist doch Quatsch."

Ihr Blick streifte den Garten, dessen Blumen schon längst verblüht waren. Die Blätter an den Bäumen waren jedoch noch kräftig und grün. Rein zufällig sah sie zur Terrassentür, und als hätte sie es geahnt, erblickte sie dort ihren Bruder, der zügig aus dem Haus trat.

„Neal!" Sie sprang von dem Stuhl auf, ließ die Decke fallen und eilte in seine Richtung. Und auch er beschleunigte seinen Gang. Als sie sich gegenüber standen, schlossen sie sich fest in die Arme.

„Wieso hat das so lange gedauert?" Francis' Stimme war vorwurfsvoll. Sie klammerte sich an ihrem Bruder fest, als wolle sie ihn nicht mehr los lassen.

„Es ging nicht anders. Wir haben Musiker gefunden, haben mit denen die Stücke eingespielt." Er schüttelte den Kopf. „Hätte nicht gedacht, dass die Plattenfirma das so wichtig nimmt."

Er strich über ihre Arme. Dann senkte er den Kopf, um auf ihren Bauch zu schauen.

„Ist alles in Ordnung mit dem Kind?"

Ihre Wangen leuchteten rot. Sie nickte erfreut. Und in ihrer großen Begeisterung war sie nicht mehr zu bremsen. Sehnsüchtig fixierte sie Neals Lippen. „Ich habe dich vermisst." Sie hob ihre Hand, um seine Wange zu streicheln, dann reckte sie sich, um ihn zu küssen, doch Neal wehrte ihre Geste rechtzeitig ab.

Die Anwesenheit von Thilo hatte er nämlich längst bemerkt. Und der trat nun näher. Seine Augen waren zusammengekniffen. Sprachlos sah er die Geschwister an.

„Stimmt wohl doch, was in den Zeitungen steht!", gab er lauthals von sich. Sein Blick war abwertend, was in erster Linie Neal galt.

„Ach, was steht denn da?"

Neal riss sich von Francis los. Von einer Sekunde auf

die andere geriet er in Rage. Er kam Thilo näher.

„Ist doch krank - die eigene Schwester zu befummeln!“

Thilo wurde mit dieser Äußerung richtig aufbrausend. Obwohl er etwas kleiner war als Neal, ließ er sich nicht einschüchtern. Erst, als er dessen Hände an seinem Hals spürte, wurden seine Augen ängstlich.

„Hört doch auf!“, rief Francis. Unglücklich sah sie die beiden an, konnte aber nicht verhindern, dass sie zu ringen anfingen. Schließlich gingen sie zu Boden.

Neal hielt den Jungen unter sich mit aller Kraft fest.

„Ich breche dir alle Knochen, wenn du was ausplauderst, ist das klar?“

Thilo nickte, woraufhin Neal seinen Griff lockerte. Er stand auf und ließ Thilo los.

Die Situation war immer noch gespannt. Und kaum war Thilo wieder auf seinen Beinen, ging die Stichelei weiter.

„Dann ist das Kind auch von dir, was? Hätte ich ja gleich drauf kommen können, so wie ihr ein Geheimnis daraus macht ...“

Weiter kam er nicht. Neals Faust eilte auf ihn zu. Sie traf ihn mitten im Gesicht. Thilo schrie und ging erneut zu Boden. Blut rann augenblicklich aus seiner Nase. Ein starker Schmerz setzte ein. Neal beugte sich zu ihm herunter und fauchte: „Ich warne dich. Halte den Mund, ansonsten werde ich mal ein paar Gerüchte über dich in die Welt setzen.“

Neal drehte sich um. Und in dem Moment sah er auch schon Stephanie über den Rasen kommen. „Was ist denn hier los?“ Erschrocken sah sie auf Thilos blutiges Gesicht.

Neal, der sich inzwischen etwas beruhigt hatte, klopfte sich die Hose ab. Mit ernster Miene sah er seine Mutter an.

„Manchmal stecken die Übeltäter ganz in der Nähe, ohne dass man sie gleich bemerkt.“

Er schenkte Thilo noch ein gönnerhaftes Lächeln, dann wandte er sich ab.

Thilo hatte jegliche Hilfe abgelehnt. Die Situation war peinlich genug gewesen, und als Stephanie fragte, was eigentlich vorgefallen war, wollte er sich nicht dazu äußern.

Als sein Nasenbluten gestoppt war, verließ er das Anwesen wie ein geprügelter Hund.

Stephanie schüttelte den Kopf. „Wie kann Neal denn nur so aus der Haut fahren?“

Und als sie abends alleine mit Peter in der Bibliothek saß und Neals Worte noch einmal überdachte, äußerte sie einen Verdacht, der ihr gar nicht so unrecht erschien. „Ich glaube“, sprach sie zu ihrem Mann, „dieser Thilo empfindet sehr viel für unsere Tochter. Und es würde mich nicht wundern, wenn er der Vater des Kindes ist.“

Inzwischen war es winterlich kalt geworden. Die Tage waren kurz, und Neal verbrachte viel Zeit mit Richard. Immer wieder übten sie ihre Stücke ein, und mit jeder Probe fühlten sie sich sicherer.

Weniger zufrieden machte Neal der Gedanke an England. Natürlich freute er sich, dass der Durchbruch im Musikgeschäft immer näher rückte. Er freute sich auf die Aufnahmen in London, aber er wusste auch, dass ihre Professionalität einen Umzug mit sich bringen würde.

„Du willst also zurück nach England gehen?“ Andrés Stimme klang regelrecht ängstlich, als er seine Vermutung aussprach. Und Neal bestätigte dies mit einem Kopfnicken.

Beide schlenderten die Einkaufspassage entlang, um die letzten Weihnachtsgeschenke zu kaufen. Neal trug eine dicke, schwarze Winterjacke, die am Kragen einen weißen Fellrand besaß. Sein Haar war noch länger geworden und glitt in sein Gesicht, so dass er es mit seinen Händen ständig hinter das Ohr strich.

„Es ist vielleicht unsere einzige Chance“, gab er zu verstehen. Dabei biss er sich auf die Unterlippe und blieb stehen. „Seit ich in Deutschland lebe, möchte ich nach England zurück – und dort Musiker werden. Und jetzt liegt der Erfolg so nah.“

Er seufzte tief. „Auf der anderen Seite würde ich Francis im Stich lassen. Und das ist eigentlich das Letzte, was ich will.“

Er ging langsam weiter. André, der schon einige

Einkaufstüten mit sich trug, folgte ihm wie ein Schatten. Dass Neal das Land verlassen wollte, brachte eine gewisse Unruhe in sein Gemüt.

„Für mich wäre es auch schlimm, wenn du gehst", lenkte er ein. Daraufhin blieb Neal wieder stehen.

„Was soll ich dann machen?", fragte er provokativ. „Hier bleiben? Den Babysitter spielen und warten, bis wir an der Uni Staub ansetzen?" Er machte eine kurze Pause, in der er überlegte, was ihm noch alles passieren könnte. „Soll ich hier bleiben und ein öder Architekt für Luxussuiten werden? Schnöselige Millionäre beraten?" Durchbohrend sah er André an. „Soll ich zusehen, wie mein eigenes Kind heranwächst und mich Onkel Neal nennt? Soll ich irgendeine Tussie heiraten, damit Stephanie mal endlich Ruhe gibt?" Er winkte konsequent ab. „Nein, auch wenn ich euch unglücklich mache. Mein Leben lasse ich mir nicht noch mehr versauen."

Nun wurden seine Schritte zügiger, so dass André kaum mithalten konnte. Schließlich nahmen sie in einem Café Platz, wo Neal sofort zwei Kaffee orderte.

„Bist du wirklich so unzufrieden mit deinem Leben?", wollte André wissen, als sich Neal ein wenig beruhigt hatte. Die angenehme Wärme des Cafés hatte ihre Wangen zum Glühen gebracht. Neal zündete sich nachdenklich eine Zigarette an. Und erst, als ihnen der Kaffee serviert wurde, konnte er antworten.

„Weißt du, als ich ein Teenie war, da lag mir die Welt zu Füßen." Er sah zur Seite, und sein nachdenklicher Blick schweifte ab. „Damals war ich glücklich, verliebt und frei." Plötzlich verdunkelte sich sein Gesicht. „Und es ging so schnell zu Ende mit dem Glück." Dann schüttelte er den Kopf. „Ich werde nie begreifen, wie ein einzelner Mensch so viel zerstören kann." Verbissen zog er an seiner Zigarette.

„Redest du wieder von deinem damaligen Freund? Diesem Dirk?"[2]

Kaum hatte André den Namen ausgesprochen, sah Neal auf.

---

[2] Justin C.Skylark, „Liebeswut", Himmelstürmer Verlag, Frühjahr 2005

„Ohne diesen Dirk hätte ich meine schwule Neigung vielleicht nie bemerkt!“, zischte er. Es klang hart, aber wenig überzeugend. Neal lächelte verkrampft. „Vielleicht wäre ich wieder mit Sadie zusammen, hätte ich Dirk nicht kennen gelernt. Vielleicht hätte ich meine Schwester nicht geschwängert? Vielleicht wäre ich ein ganz normaler Mann, auf den die Mutter stolz sein könnte?“ Er schloss kurz die Augen und dachte an Stephanie, die seine homoerotischen Gelüste zutiefst ablehnte. Und er war sich sicher, dass sie diese Neigung nie akzeptieren würde. Da könnte es noch so viele schwule Models in der Anderson Firma geben – für Stephanie war Homosexualität stets ein Manko gewesen. Und bei ihrem eigenen Sohn konnte sie diese Vorliebe erst recht nicht akzeptieren.

Neal fuhr sich über das Gesicht. Seine Hände zitterten. Sofort führte er die Zigarette wieder zum Mund. Jeder Fremde hätte ihm ansehen können, wie unzufrieden und verzweifelt er war.

Dennoch blieben André einige Zweifel.

„Ich glaube nicht, dass die Geschichte mit diesem Dirk etwas mit Francis zu tun hat.“

„Und ob!“, konterte Neal so laut, dass sich einige der anderen Gäste umdrehten. „Ich weiß doch gar nicht mehr, wo ich stehe, seitdem das passiert ist!“ Wütend verzog sich sein Gesicht. Ebenso energiegeladen drückte er seine Zigarette aus. „Mit Männern kann ich mich nicht mehr richtig einlassen – habe voll die Blockaden.“ Er zeigte sich an den Kopf, als würde er dort nicht richtig funktionieren. „Frauen interessieren mich nur oberflächlich. Und was ich für meine Schwester empfinde ...“ Er sah frustriert zu Boden. „Das darf man doch keinem erzählen.“

Eine bedrückende Stille baute sich zwischen ihnen auf, bis Neal Andrés weiche Hände auf seinen spürte.

„Du liebst eben das Risiko“, sagte der, um seinen Freund zu trösten. „Und gerade deswegen willst du zurück. Ein Normalbürger würde sich das alles nicht zutrauen.“

Er nickte, um seiner eigenen Aussage noch mehr Glauben zu schenken. Neal konnte dagegen nur müde lächeln. „Danke für deine Worte“, sagte er. „So habe ich wenigstens das Gefühl, nicht alleine verrückt zu werden.“

Das schönste Weihnachtsgeschenk für Neal war dann schließlich der morgendliche Anruf von Richard. Mit der Post kam die endgültige Zusage der Narcotic Records.

„Wann meinst du, können wir zusagen?“ Richard war hörbar aufgeregt.

„So schnell wie möglich“, antwortete Neal. Er schielte dabei zu seiner Schwester, die den Weihnachtsbaum in der Bibliothek schmückte. Sie sah aus wie ein Kind. Das blaue, weite Umstandskleid spannte sich über ihren dicken Bauch, was fast schon ein wenig grotesk erschien.

„Es wäre gut, wenn wir sie noch bis Februar hinhalten könnten.“ Neal dachte an den Geburtstermin. Er sprach leise, damit Francis nichts mitbekam.

„Und dann sollten wir sofort mit den Aufnahmen beginnen.“

Es war zehn Wochen später in der Nacht, als Francis erwachte und heftige Rückenschmerzen verspürte. Als sie sich vorsichtig aufrichtete, wurden die Beschwerden nicht besser – im Gegenteil. Hinzu kam ein starker Druck im Unterleib, der sie regelrecht zum Aufstehen zwang. Und als sie im Badezimmer stand, merkte sie, wie es feucht an ihren Beinen herunter lief. Verzweiflung machte sich breit.

Stephanie und Peter waren erneut auf Geschäftsreise. Sie wollten erst in zwei Tagen zurück sein. Die neue Haushälterin Carla war nicht im Haus, und Neal wohnte bei André.

Mit Schweißperlen auf der Stirn, setzte sich Francis auf die Toilette. Ihr wurde schwindelig, und unter intervallartigen Schmerzschüben begann sie sich zu reinigen, um danach frische Kleidung anzuziehen.

Sie hatte schon alles für den Notfall bereit gelegt, auch die Tasche für das Krankenhaus stand gepackt in der Ecke. Dass die Wehen eine Woche zu früh einsetzen würden, damit hatte sie nicht gerechnet. Frau Dr. Kress sprach ständig von einer Terminüberschreitung bei Erstgebärenden.

Doch nun erfasste Francis die Angst.

Unter großer Anstrengung zerrte sie ihre Tasche bis zur Treppe und ließ sie dann geräuschvoll nach unten fallen. Francis folgte mit langsamen Schritten. Immer wieder musste sie eine Pause machen, wenn die Schmerzen stärker wurden. Umso erleichterter war sie, als sie das Telefon im Flur endlich erreichte.

André und Neal waren erst seit ein paar Minuten wieder in der Wohnung angekommen. Während André sich vor dem Spiegel abschminkte, stand Neal unter der Dusche. Carstens Geburtstagsparty war gut gewesen, doch nun wollten beide nichts sehnlicher, als schlafen.

Schließlich klingelte das Telefon. André stutzte. „Wer ruft denn jetzt noch an?"

„Bestimmt falsch verbunden!", rief Neal aus der Dusche. Er schloss die Augen und genoss das warme Wasser auf seiner Haut.

Doch André ging trotzdem in das Wohnzimmer. Und schon wenige Minuten später stand er wieder im Bad und atmete hektisch.

„Francis ist dran. Sie sagt, sie hat Wehen!"

„Was?"

Neal stürzte aus der Dusche. Ohne sich abzutrocknen nahm er das Mobiltelefon entgegen. Sein Gesicht war ganz bleich geworden.

„Wo sind Mum und Dad? ... Aber ich dachte, frühestens nächste Woche ..."

Während er in das Telefon schrie, sah er André unsicher an. Der reichte ihm nun ein Handtuch. Neal versuchte seine Schwester am Telefon zu beruhigen.

„Ich bin sofort bei dir! Bleib einfach ruhig sitzen, ich komme sofort!"

Er legte auf. Feucht rannen ihm die Wassertropfen aus dem Haar.

„Wird wohl nichts mit schlafen. – Ich muss sie in die Klinik fahren."

Er griff nach seiner Kleidung, die auf dem Stuhl lag und zog sich an, ohne sich vorher richtig abgetrocknet zu haben.

„Föhn dir wenigstens die Haare“, lenkte André ein. „Du holst dir sonst den Tod.“

Er sah nach draußen, wo vereinzelte Schneeflocken rieselten. „Ich komme mit.“

„Warum müssen meine Eltern auch gerade jetzt weg sein?“ Neal fluchte, während er seine Corvette durch die rutschigen Straßen lenkte. Dass die schlechten Wetterverhältnisse die Lage nicht vereinfachten, stimmte ihn fast aggressiv. Immer wieder versuchte er, das Tempo zu beschleunigen, um dann wenig später doch wieder vorsichtiger zu fahren.

„Es ist ihr erstes Kind“, lenkte André ein. Er rieb sich die kalten Hände. Seine Lippen waren blau verfärbt vor Kälte. Nur langsam kam die Autoheizung in Gang. „Es wird sicher noch etwas dauern, bis es richtig losgeht.“

Neal nickte. Ihm war bewusst, dass das Kind nicht einfach aus seiner Schwester rausfallen würde, und trotzdem wollte er sie so schnell wie möglich in erfahrenen Händen wissen.

Nach einiger Zeit bog er in die Auffahrt zu dem Anderson Anwesen. Dort angekommen, eilte er sofort in das Haus.

Francis saß in der Küche. Die Tasche lag ihr zu Füßen. Ihre Gesichtsfarbe wechselte zwischen Blässe und einschießender Röte. Sie stöhnte erleichtert, als sie Neal und André auf sich zukommen sah. Tränen schimmerten in ihren Augen.

„Wir sind da. Alles wird gut.“ Neal beugte sich zu ihr herunter. „Ist es schlimm?“

Sie nickte. „Ich habe auf die Uhr gesehen. Die Wehen kommen alle zehn Minuten.“

„Dann sollten wir uns beeilen!“ Neal stützte sie, während André die Tasche nahm. Dann machten sie sich auf den Weg in die Klinik.

Es dauerte dann doch noch eine Weile bis Francis den Kreißsaal betreten konnte. Zuvor nahm sie ein warmes Bad, um die Wehen zu fördern, dann lief sie minutenlang mit Neal und André über den Flur. Zwischendurch, wenn die Wehen kamen, begann sie zu jammern und sich fest an ihren Bruder zu krallen.

Erst als es schon wieder heller wurde, und die strapaziöse Nacht für Francis vorbei war, begann die eigentliche Geburt.

André blieb im Flur stehen. Auch ihm war die Anspannung ins Gesicht geschnitten.

Neal begleitete seine Schwester in den Kreissaal. Als er durchklingen ließ, nicht der Vater des Kindes, sondern Francis' Bruder zu sein, merkte er die durchdringenden Blicke auf seinem Körper. Und er war sich sicher, dass sich einige der Ärzte und Hebammen ihren Teil dazu dachten. Sicher hatten sie auch alle die Berichte in den Zeitungen gelesen, doch in diesem Moment war es Neal egal.

Dass Francis Schmerzen ertragen musste, machte ihn selbst ganz benommen. Obwohl er die ganze Zeit bei ihr war, hatte er das Gefühl nur wie ein Geist neben ihr zu stehen.

Die Schreie, das Blut, der Schweiß, die Nabelschnur, die er durchtrennen durfte – alles schien so fern und doch so greifbar nah.

Erst als das Baby – ein Junge – geboren war und vor seinen Augen sichtbar wurde, hatte Neal das Gefühl wieder frei atmen zu können.

Es war ein kleines, verschmiertes Bündel Leben, welches Francis kurz auf den Bauch gelegt wurde. Neal hatte Tränen in den Augen, so dass er seinen Sohn nur verschwommen wahrnehmen konnte. Dann wurde ihnen das Baby schon wieder weggenommen. Es wurde untersucht und gewaschen. In dieser Zeit konnte Neal seine Schwester, die noch erschöpft auf dem Entbindungstisch lag, an sich drücken.

„Wie soll denn der Kleine heißen?" Es war eine Hebamme, die die Geschwister in ihrer stillen Zweisamkeit unterbrach.

„Ich dachte an Nicholas", erwiderte Francis. Ihr Bruder deutete ein zufriedenes Nicken an.

„Ja, Nicholas – mit ch."

Die Hebamme lächelte, dann notierte sie den Namen. Zudem schrieb sie Francis' Namen und Wohnort auf, den Namen ihrer Eltern und schließlich sah sie auf, um sich zu erkundigen:

„Und wen soll ich als Vater notieren?"

„Das tut nichts zur Sache!" Neals Antwort kam hart und direkt, woraufhin die Hebamme mit dem Kopf schüttelte. „Aber falls es da etwas zu klären gibt, wegen des Sorgerechts, müsste der Vater genannt werden."

„Das Sorgerecht hat allein meine Schwester", gab Neal zu verstehen. Er sah Francis kurz an und lächelte ihr zu, doch man konnte deutlich sehen, dass ihm folgende Worte nicht leicht fielen. „Nicholas wird ohne Vater aufwachsen, also ist dessen Name auch völlig irrelevant."

Die Hebamme zog die Schultern ein wenig hoch. „Wenn Sie meinen."

Sie sah die Geschwister noch einmal prüfend an, dann wandte sie sich ab.

Und auch Neal kehrte seiner Schwester den Rücken zu. Jetzt erst merkte er, wie die Anspannung von ihm abfiel. Sein Körper zitterte leicht. Tausend Gedanken schossen ihm durch den Kopf. All die Monate war ihm klar gewesen, dass er sich zu der Vaterschaft nicht bekennen würde. Doch dieses jetzt so deutlich auszusprechen, zerriss ihm fast das Herz.

„Neal?" Francis' Stimme war noch schwach, doch sie reichte aus, um Neals Gedankenflut zu unterbrechen. Flüchtig fuhr er sich über die feuchten Augen. Als er sich zu ihr umdrehte, setzte er ein Lächeln auf.

„Ich geh' kurz eine rauchen – zu André. Wenn du im Zimmer bist, komme ich noch mal rein." Er zwinkerte ihr zu. „Und ich rufe Mum und Dad an."

Seine Knie waren weich, als er den Krankenhausflur betrat. Die Luft hier war klarer und kühler, was er sichtlich genoss. Auf den Wartestühlen saß immer noch André. Allerdings war er eingeschlafen und hatte seinen Kopf zur

Seite geneigt. Sein Haar bedeckte sein schönes Gesicht. Als Neal zwei Becher Kaffee organisiert hatte, setzte er sich zu ihm. „Hey, aufwachen!“

André zuckte zusammen. Langsam besann er sich wieder, wo er sich eigentlich befand, da trat eine gesteigerte Wachsamkeit in seinen Geist. „Und?“ Neugierig sah er Neal an. „Ist es da?“

Neal nickte. Augenränder zierten sein Gesicht.

„Ein Junge – Nicholas.“ Er nahm einen Schluck Kaffee und reichte André ebenfalls einen Becher.

Dessen Augen begannen augenblicklich zu funkeln. „Ein Junge? Wahnsinn!“ Er knuffte seinem Freund in die Seite. „Hey, mach nicht so ein Gesicht!“

Aber Neal schüttelte den Kopf. Obwohl er sich freuen sollte, dass die Geburt so gut verlaufen war, konnte er seine Gedanken nicht abstellen.

„Es war schrecklich“, sagte er leise, dabei senkte sich sein Kopf. „Sie hatte solche Schmerzen, und ich konnte nichts tun.“ Traurig sah er André an. „Wieso habe ich ihr das angetan?“

André fand keine Worte. Seine schlanke Hand klammerte sich an den Kaffeebecher.

„Es war eure Entscheidung“, sagte er schließlich.

„Aber, sie ist doch noch so jung!“ Neal biss sich auf die Zunge. Seine Mundwinkel zuckten, als würde er vor Verzweiflung weinen wollen, aber er fing sich genauso schnell wieder.

„Ich persönlich finde es klasse, dass sie das Kind bekommen hat“, erwiderte André. Er dachte nur flüchtig daran, dass ihn selbst wohl nie solche Vaterfreuden erwarten würden.

Neal erhob sich. „Vielleicht hast du Recht. – Die Probleme werden jetzt allerdings erst richtig anfangen.“

Seine Worte bestätigten sich, als er die Klinik am späten Nachmittag verließ. Francis war inzwischen in ein Einzelzimmer verlegt worden. Neal hatte ihre Eltern informiert, die auch sogleich ihre Rückkehr verkündeten. Danach hatte Neal noch an Francis' Bett gesessen. Sie war erschöpft und schlief wie ein Stein.

Und bevor Neal gehen wollte, wandte er sich an eine der Schwestern.

„Entschuldigen Sie. Ich wollte mir Nicholas Anderson noch einmal ansehen."

Die Frau in Weiß runzelte nur die Stirn.

„Sind Sie der Vater?"

Neal schluckte. Für einen kurzen Moment hätte er am liebsten die Wahrheit Preis gegeben, doch dann fing er sich ganz schnell. „Nein, ich bin ... äh ... sein Onkel."

Er seufzte tief, so unwohl fühlte er sich bei dieser Lüge, und die Schwester schüttelte auch gleich darauf den Kopf.

„Es tut mir Leid. Zu den Neugeborenen dürfen nur die Eltern."

„Aber ..." Neal verstummte. Die Schwester ließ ihn einfach stehen. Und die Wut in Neal wurde unerträglich.

Er fluchte vor sich hin, während er aus der Klinik trat. Zu seinem Erstaunen standen dort drei Männer, die sofort auf ihn zukamen und ihn freundlich anlächelten.

„Neal Anderson! Schön Sie zu sehen! Wie geht es Ihrer Schwester? Ist sie wohl auf?"

Irritiert blieb Neal stehen. Er dachte zu träumen.

„Was soll das?", entwich es ihm. Die Tatsache, dass die Presse schon von der Geburt erfahren hatte, ließ erneut Adrenalin in seine Adern fließen.

„Ist es ein Mädchen oder ein Junge? Und wie heißt das Kind?" Nun fragte ein anderer Mann. Dass Neal müde und unzufrieden war, interessierte niemanden von ihnen.

Nichtsdestotrotz versuchte Neal, sachlich zu bleiben.

„Meine Familie wird alle wichtigen Informationen rechtzeitig bekannt geben." Er lächelte verkrampft. Und mit Erleichterung sah er André, der mit der Corvette gerade auf den Parkplatz fuhr, um Neal abzuholen. „Ich muss los. Sorry!"

Er drängelte sich durch die Reporter hindurch, die ihm sofort nachriefen:

„Noch eine Frage, Herr Anderson! Wer ist der Vater des Kindes?"

Neal beschleunigte seinen Gang. Unmöglich wollte er daraufhin eine Antwort geben. Und er versuchte, nicht mehr auf sie zu hören, doch ihr lautes Geschrei dröhnte in seinen Ohren.

„Man munkelt, dass es sich hier um Inzest handelt! Sind Sie der Vater?"

„Sie haben Ihre Schwester auch geküsst. Haben Sie auch ..."

„Was sagen Sie zu diesen Vorwürfen?"

Erst als die Autotür zuklappte, atmete Neal auf. „Fahr' los!", schrie er ungehalten, woraufhin André den Wagen startete. „Ich kann diese Idioten nicht mehr hören!"

Nach zwei Tagen durfte Francis die Klinik wieder verlassen. Sie und das Kind hatten die Geburt bestens überstanden. Und die Ärzte hatten an Nicholas keine Auffälligkeiten feststellen können.

Zu Neals Erleichterung standen diesmal keine Reporter vor der Kliniktür, als er mit seiner Schwester und der Babytragetasche das Gebäude verließ.

„Ich hoffe, zu Hause wirst du mehr Ruhe haben." Er zwinkerte Francis zu. Sie sah noch blass und erschöpft aus, dennoch freute sie sich auf die Heimkehr.

Ihre Eltern hatten schon alles vorbereitet. Und als sie nach Hause kamen, konnten sie Nicholas gleich in das Kinderbett legen.

„Wir haben jede Menge eingekauft", berichtete Stephanie. Sie war ganz aufgeregt. Ihre Wangen leuchteten rosa. Das ließ sie trotz ihres hellweißen Haares jung und frisch aussehen. Der Familienzuwachs war mittlerweile keine Tragödie mehr – im Gegenteil. Stephanie zeigte sich sehr bemüht und hilfsbereit und griff ihrer Tochter unter die Arme, wo es nur ging.

Neal fühlte sich dagegen wie ein Hindernis, das nur im Weg stand. Als er ebenso interessiert die ganzen Babysachen ansah, die Stephanie gekauft hatte, schickte die ihn einfach aus dem Zimmer.

„Lass uns Frauen doch etwas alleine", bat sie. „Du

interessierst dich doch sonst auch nicht für Kinder."

„Aber ..." Neal blieben die Worte im Hals stecken. Unbemerkt wurde er von seinem Vater zur Seite gezogen. Zusammen gingen sie in die Bibliothek, wo ihnen Carla einen Kaffee servierte.

„Daran wirst du dich gewöhnen müssen", sagte Peter. „Stephanie wird nie verstehen können, was dich mit Nicholas so stark verbindet."

Neal schüttelte den Kopf. „Ich darf mich doch wohl um mein eigenes Kind kümmern!", sagte er trotzig. Und im selben Moment wurde ihm wieder bewusst, dass er gerade das nur in einem gewissen Ausmaß tun durfte.

„Dir war von Anfang an klar, dass du deine Vaterschaft geheim halten musst. Also halte dich auch daran", waren Peters weitere Worte. Nur ungern wollte er seinen Sohn belehren. „Niemand wird etwas dagegen haben, wenn du dich um Nicholas kümmerst. Nur du musst ihn behandeln wie deinen Neffen und nicht wie deinen Sohn."

Neal leerte seine Kaffeetasse. Sein Gesicht zeigte etwas Verbissenes. Natürlich war ihm all das monatelang klar gewesen, aber nun, wo das Baby da war, konnte er seine Unzufriedenheit kaum zügeln. „Ich will aber keinen Neffen", zischte er nicht leise genug, so dass Stephanie, die gerade ins Erdgeschoss gekommen war, völlig entgeistert in die Bibliothek sah.

„Was muss ich da hören?" Sie kam näher und betrachtete Neal durchdringend. „Was ist denn in dich gefahren, dieses Kind plötzlich abzulehnen?"

Ihr Sohn verdrehte verzweifelt die Augen. „Ich lehne es doch nicht ab!", konterte er mit einem gereizten Unterton. Hilfesuchend blickte er seinen Vater an, doch der signalisierte nur, dass sich Neal selbst aus der verzwickten Lage heraus helfen musste. Und das konnte er nicht.

„Ich glaube, ich geh besser." Neal stand auf. Und in diesem Moment war ihm schon klar, dass dieser Zustand ein Ende nehmen musste.

V.

Es war ein komisches Gefühl für Neal, sein Elternhaus zum vorerst letzten Mal zu betreten. Er konnte und wollte sich gar nicht vorstellen, wann er es vielleicht mal wieder sehen würde.

Es war Abendbrotszeit. Der Rest der Familie saß am Tisch. Er hörte ihre Stimmen, ihr Lachen. Neal dachte sofort an die Streitigkeiten, die es stets gab und die Probleme, die alle noch auf ihn zukommen könnten, würde er hier bleiben.

Er legte seine Jacke ab, dann betrat er das Esszimmer. Es kehrte sofort Ruhe ein. Mit Neals Besuch hatte niemand gerechnet. Sie sahen ihn alle erfreut an, aber was Neal verkünden wollte, machte sie schlagartig betroffen.

„Ich wollte nicht stören“, fing er an, „sondern lediglich ein paar Sachen holen.“

Er schluckte und wartete auf eine Reaktion. Es war Stephanie, die sich zu Wort meldete, die Situation aber völlig falsch einschätzte.

„Ist es nicht bald an der Zeit, dass du wieder zu uns ziehst?“

Neal schüttelte den Kopf. Er trat näher und stützte sich dabei auf eine der Stuhllehnen.

„Du verstehst das falsch, Mum.“ Er machte eine kurze Pause, in der er sich räusperte. „Ich ziehe ganz aus. Ich gehe weg – nach England.“

Die Stille, die nun einkehrte, war beängstigend.

Man hörte nur, wie Peter sein Besteck weglegte. Dann stand Francis auf. „Ich muss nach Nicholas sehen!“ Sie eilte aus dem Zimmer.

„Du willst ganz gehen?“ Stephanie war sichtlich erschüttert. „Aber wieso?“

Neal zwang sich, ruhig zu bleiben. Dass er dabei die Augen rollte, konnte er nicht verhindern.

„Ich habe euch doch von der Plattenfirma erzählt. Wir werden in London unser Album aufnehmen und danach vielleicht auf Tour gehen.“

Er sah seine Eltern an. Nur Peter nickte zustimmend. Er

erhob sich, um seinem Sohn auf die Schulter zu klopfen. „Es ist eine gute Entscheidung.“ Er zwinkerte Neal zu. Und jener war sich sicher, dass es ein versteckter Link war. Er konnte sich vorstellen, dass Peter froh darüber war, dass Neal das Land verlassen, und somit den Unannehmlichkeiten rund um Francis und das Baby aus dem Weg gehen würde. „Ihr werdet sicher Erfolg haben mit eurer Musik.“

Neal lächelte dankbar. Er wusste es zu schätzen, dass Peter auf seiner Seite stand und ihn erneut unterstützte. Das machte den Abschied um einiges leichter.

„Aber was ist denn mit deinem Studium?“, fragte Stephanie konfus. „Das kannst du doch nicht aufgeben, so kurz vor dem Abschluss!“

Neal schüttelte den Kopf. „Natürlich nicht. Ich werde den Abschluss machen – aber in England.“

Seine Mutter senkte den Kopf. Sie war nicht glücklich mit der Situation, wusste aber zu gut, dass sie ihren Sohn von seinen Entscheidungen nicht mehr abbringen konnte.

„Vielleicht soll es so sein ...“

„Ich finde das sehr mutig von dir“, hörte man Peter sagen. Er nahm Neal in den Arm. „Ich bin stolz auf dich.“

„Danke, Dad.“ Neal löste sich aus ihrer Umarmung. Sie verstanden sich ohne Worte. Beide wussten, dass Neal nicht nur der Musik wegen diesen Weg gewählt hatte.

„Und sollte das Geld knapp werden ...“ Peter lächelte. „Du kannst jederzeit mit unserer Unterstützung rechnen.“

Etwas mulmig war Neal schon zumute, als er die Treppen in das erste Geschoss nahm. Nachdem er seine restlichen Sachen gepackt hatte, trat er in Francis’ Zimmer ein, um auch von ihr Abschied zu nehmen.

Sie hatte Nicholas gerade gewickelt und gestillt. Das kleine Baby war daraufhin müde geworden und lag nun mit geschlossenen Augen in dem Kinderbett. Neal verhielt sich trotzdem leise, um es nicht wieder aufzuwecken.

Und bevor er etwas sagen konnte, kam seine Schwester ihm zuvor:

„Du gehst also?“ Es klang vorwurfsvoll, und in Francis’

grünen Augen sah man die Wut aufsteigen. „Hast du dir ja toll ausgedacht."

Sie verschränkte ihre Arme vor den Bauch.

Neal trat näher, dabei sah er in das Kinderbett. „Es geht nicht anders", begann er, seine Lage zu erklären. „Und du wusstest, dass wir das Album planen."

„Ich wusste aber nicht, dass du für immer gehst!" Ihre Stimme wurde lauter. Nicholas bewegte sich, doch er wurde nicht wach.

„Ich weiß nicht, ob es für immer ist", sprach Neal weiter. „Ich weiß nur, dass eine Menge Arbeit auf uns zukommen wird, und das wird einige Zeit dauern. Es würde keinen Sinn ergeben, wenn ich hier bleiben würde." Betroffen sah er zu Boden. „Und außerdem", fügte er hinzu, „würde es nur Probleme geben, wenn ich bleibe."

Er wandte sich dem Kinderbett zu. Dann streckte er seine Hand aus, um Nicholas' Wange zu streicheln. Er war nie direkt überzeugt gewesen, dass es richtig war, das Kind auf die Welt zu bringen. Doch nun, wo sein kleiner Sohn da war, spürte er regelrechten Stolz. Und nun sollte er sein Kind schon wieder verlassen? Ja, es ging nicht anders.

„Wir müssten immer auf der Hut sein. Und ich müsste Nicholas ständig anlügen." Er richtete sich auf und schüttelte den Kopf. „Ich habe dieses Versteckspiel jetzt schon satt."

Er kam auf seine Schwester zu, um sie zu umarmen, doch sie wich ihm gekonnt aus. Alles, was sie ausstrahlte war Ablehnung und Kälte.

„Du machst es dir ganz schön einfach!", fauchte sie, dabei stemmte sie ihre Arme in die Seiten, was ihren tadelnden Ausdruck noch unterstützte. „Du hast doch nur Angst, dass man die Wahrheit erfährt. – Du denkst nur an dich, lässt mich alleine."

Als Neal diese Vorwürfe hörte, musste er sogar nicken. Seine Schwester hatte Recht. Er hatte tatsächlich Angst. Die letzten Monate waren die Hölle für ihn gewesen, und nun konnte er einfach nicht mehr.

„Für Nicholas ist es auch das Beste."

Francis winkte ab. Ihre Stirn war in Falten gelegt. Sie

war sichtlich wütend und enttäuscht.

Demonstrativ drehte sie ihrem Bruder den Rücken zu. „Dann hau doch endlich ab!“

Tränen schossen ihr in die Augen, die sie schnell wegwischte. Unmöglich wollte sie ihren Stolz verlieren.

„Ich möchte nicht, dass wir im Streit auseinander gehen“, hörte sie Neal noch sagen. Er kam wieder näher und versuchte noch einmal, sie zu berühren. Da drehte sie sich schlagartig um und schrie ihm regelrecht ins Gesicht.

„Verschwinde! Und komm’ nicht auf die Idee mir dämliche Briefe zu schreiben! Und telefonieren will ich auch nicht mehr mit dir, ist das klar?“ Ihr Brustkorb hob und senkte sich vor Anstrengung.

„Aber ...“ Neal schluckte. Händeringend suchte er nach den passenden Worten. Er konnte nicht glauben, dass das nun alles gewesen war.

„Leb wohl.“ Francis deutete zur Tür. „Viel Glück in England.“

Ein paar Sekunden stand Neal noch regungslos da und resignierte schließlich. Er nahm seine Tasche, um dann stillschweigend das Zimmer zu verlassen.

In Andrés Wohnung angekommen, stellte er seine Tasche zu den anderen Sachen. Schon früh am Morgen würde eine Spedition alles abholen und zum Flughafen fahren. Zum wiederholten Male zückte Neal die Flugtickets. Er hatte Plätze um die Mittagszeit gebucht. Er spürte eine innerliche Erleichterung, dass nun endlich ein neuer Abschnitt in seinem Leben beginnen würde, doch auf der anderen Seite plagte ihn die Tatsache, dass er Francis verlassen musste.

Er versuchte sich immer wieder einzureden, dass es das Beste sei, doch wirklich überzeugt fühlte er sich nicht.

Auf dem Küchentisch lag eine Nachricht von André. „Sind bei Lucys Party – Komm doch nach!“

Neal seufzte. Ihm war nicht nach Party zumute, und doch wollte er einige seiner Freunde noch einmal sehen, bevor es nach London ging.

Lucy kannte er nur flüchtig. Sie war gerade von der Schule abgegangen und ließ gerne Parties in ihrer neuen Wohnung steigen.

Es war eine noble Wohngegend, in der sie lebte, und Neal parkte sein Auto in der Tiefgarage, über die er auch zu den Wohnungen gelangte.

Die Fete war schon voll im Gange. Da es noch Faschingszeit war, hatten einige Gäste Kostüme an. Neal erkannte ein paar von ihnen nur beim genaueren Hinsehen.

In einer Ecke sah er dann auch Lucy - eine kleine, zierliche Frau mit lagen Dreadlocks. Sie war ein quirliger Typ und hätte auch gut in die einstige Hippiezeit gepasst.

Zu Neals Erstaunen stand sie nicht alleine da, sondern hatte ihren Arm um Thilo gelegt. Der hatte seine Haare mittlerweile schwarz gefärbt, und auch seine Kleidung war dunkel.

„Ist es nicht etwas spät für dich?“ Neal konnte sich diese Bemerkung nicht verkneifen. Immerhin war Thilo noch nicht volljährig. Und dass jener sich mit älteren Frauen vergnügte, überraschte Neal ebenfalls.

„Mach dir da mal keine Gedanken“, bekam er zur Antwort, und Thilo kam ein paar Schritte näher. „Wolltest du nicht schon längst in London sein?“

Neal nickte. „Morgen früh geht mein Flieger.“

Er senkte den Kopf und biss sich auf die Zunge. Es fiel ihm nicht leicht, das zu sagen, was er dachte, und trotzdem hielt er es für notwendig.

„Ich würde es klasse finden, wenn du weiterhin für Francis da bist. Sie braucht das.“

Er sah Thilo nur flüchtig dabei an. Er mochte ihn nicht besonders, dennoch wusste er, dass Francis gut mit ihm klar kam. Und sie brauchte Freunde, besonders jetzt.

„Klar kümmere ich mich um sie. Deine Mutter denkt ja sowieso, dass das Kind von mir ist.“

Thilo lachte schadenfroh. Er schien schon einiges getrunken zu haben, wusste aber noch genau, was er sagte. Neal klopfte ihm auf die Schulter. „Vielen Dank. Mach’s gut.“

Mit ernster Mine sah er sich wieder um. Und es dauerte nicht lange, bis er André erblickte, der einen auffällig engen Minirock trug, dazu ein Hemd. Seine Lippen waren tiefrot geschminkt und auf den spitzen Schuhen mit den hohen Absätzen, wirkte er wie eine Drag Queen. Der Stoff der schwarzen Strumpfhose glänzte auf seinen glatten Beinen.

Neal war sofort irritiert davon, obwohl André in letzter Zeit öfter Frauenkleidung trug. Schon allein, um Neal bei gemeinsamen Auftritten zu unterstützen. Doch jetzt hatte André sich wegen der Faschingsfeier in Schale geworfen und schien es wie immer sehr zu genießen.

Mit Richard und Carsten stand er zusammen und amüsierte sich prächtig.

Neal grüßte seine Freunde fast lautlos.

Vor André blieb er allerdings stehen. Sein Gesicht war auf dessen dunkle Nylonstrümpfe gerichtet. „Wie läufst du denn wieder rum?"

André senkte seine Hand, in der er ein Glas Sekt hielt. „Wieso?", antwortete er verblüfft. „Wir sind auf einer Faschingsparty!" Demonstrativ deutete er auf die anderen Gäste, die sich in schrill-bunten Kostümen durch die Zimmer der Wohnung schlängelten. „Und du magst es doch, wenn ich in weiblichen Fummeln stecke, oder nicht?"

Neal ging auf diese Feststellung nicht weiter ein. Vielleicht war es ihm peinlich?

Er blieb ernst, als er sich nun Carsten zuwandte und ihn freundschaftlich umarmte.

„Mach's gut, Kumpel! Treib es nicht zu wild."

Carsten, der ein blau-weißes Matrosenkostüm trug, zog seine Mundwinkel deutlich nach unten. „Ohne dich wird es ziemlich öde werden." Er stöhnte unzufrieden. Die beiden umarmten sich. „Echt beschissen, dass du gehst."

Neal zuckte mit den Schultern. Dass nicht alle seine Freunde mit dem Umzug nach London zufrieden waren, konnte er nachvollziehen. Aber warum mussten sie es ihm so schwer machen?

Um nicht weiter darüber nachzudenken, sah er nun Richard an. „Wir sehen uns morgen. Also trink nicht so viel."

Richard lächelte verschmitzt. „Geht klar, Chef!"

„Viel Spaß noch!" Neal lächelte kurz, dann drehte er sich um.

„Du willst schon wieder gehen?" André kam ihm hinterher.

„Ich habe einfach keine Lust auf Party", gab Neal zu verstehen. Ohne sich weiter umzusehen, steuerte er wieder auf die Wohnungstür zu.

„Warte! Ich komme mit!"

Auf seinen hochhackigen Schuhen kam André hinterher. Er hatte Mühe, mit Neal Schritt zu halten. Im Treppenhaus gaben seine Schuhe ein lautes, klackendes Geräusch von sich.

Und auch in der Tiefgarage konnte man Andrés kleine, hastige Schritte deutlich hören.

„Geh doch nicht so schnell!", rief er. „Ich komme kaum nach!"

Aber Neal bremste seinen eiligen Gang nicht. Er wusste selbst nicht, warum er es plötzlich so eilig hatte. Setzte ihm seine Abreise doch mehr zu, als er sich eingestehen wollte? Und warum konnte er Andrés Anwesenheit mit einem Mal nicht mehr ertragen? Wovor wollte er fliehen?

„Nun bleib doch mal stehen!" Andrés Laute glichen mittlerweile einem Jammern. Unmöglich konnte er mit den hochhackigen Damenschuhen noch schneller gehen. Und im Eifer des Gefechts knickte er auch noch um, so dass er erschrocken auf die Knie fiel und fluchend liegen blieb.

„Was hast du denn nur?" Er senkte den Kopf, dabei rieb er sich das Knie. Eine kleine Laufmasche hatte sich in seine Strümpfe gerissen.

Neal öffnete den Mund. Seine Geduld war am Ende. Das laute Gejammer von André ging ihm absolut auf die Nerven. Aber als er sich umdrehte, um seinem Freund ungehalten die Meinung zu sagen, blieben ihm bei dessen Anblick sämtliche Worte ihm Hals stecken.

Andrés Haar war zerzaust, seine Handtasche lag locker in der einen Hand. Die andere strich sich beruhigend über das Knie, welches offensichtlich leicht verletzt war.

Mit weiten Augen starrte Neal auf die dunkle Strumpfhose. Und als sich André langsam wieder aufrichtete und den Rock glatt strich, konnte Neal erkennen, dass es sich um halterlose Strümpfe handelte, die Andrés lange Beine zierten.

Mit nur wenigen Schritten kam Neal ihm ganz nah. Er packte André, nicht gerade gefühlvoll, und drängelte ihn dann in Richtung der parkenden Autos. Diese standen dicht beieinander. Es benötigte nur einen prüfenden Blick, bis Neal einen breiten BMW ausgemacht hatte. Unruhig zog er André daraufhin hinter sich her. Zwischen Parkhauswand und Kühlerhaube des Wagens blieben sie stehen. Neals Hände griffen André sofort unter den Rock. Er strich ihn nach oben, um die nackte Haut oberhalb der Strümpfe zu streicheln. Dabei drückte er André auf den Wagen. Automatisch sank André nieder, sein Rücken berührte die Kühlerhaube, und seine Schenkel spreizten sich anstandslos.

Sie küssten sich wild, aber als Neal seine Hose öffnete und Andrés Slip zur Seite schob, wurde die Lage gespannt.

„Was machst du denn?“, fragte André unruhig. Sein Atem wurde hektisch. Ihm wurde die Handtasche aus der Hand gerissen, und entgeistert musste er mit ansehen, wie Neal den gesamten Inhalt der Tasche auf die Kühlerhaube schüttete und schließlich das fand, was er suchte. Ein Kondom! André hatte immer welche bei sich, und er ahnte, was Neal vorhatte.

„Nein, nicht!“, wehrte er somit ab, doch Neals Griff hielt ihn fest. Und in seiner verfänglichen Lage konnte er sich kaum aufrichten.

Weitere Worte konnte er nicht mehr aussprechen. Neals Zunge suchte fortwährend Einlass.

Und schließlich drängte sich auch sein hartes Geschlecht an ihn. André verkrampfte sich.

Er wusste nicht, ob er sich wehren oder die ganze Aktion genießen sollte.

Während Neal sich in ihn zwängte und dabei seinen Penis mit der Hand umschloss und gleichmäßig auf und ab fuhr, kam die Erregung ganz von alleine.

André begann zu keuchen und zu stöhnen. Er wehrte sich nicht mehr, sondern ließ sich bereitwillig nehmen.

Es war kein zärtlicher Akt zwischen ihnen, aber es reichte aus, um André die Befriedigung zu geben, die er schon so lange ersehnt hatte.

Neals Gesicht war erhitzt, als er sich von seinem Freund löste. Stillschweigend schloss er seine Hose, dann trat er hinter dem Auto hervor und prüfte die Lage. Es schien sie niemand beobachtet zu haben. Es herrschte absolute Stille im Parkhaus. Langsam steuerte er auf seinen eigenen Wagen Auto zu, der nur wenige Meter entfernt stand.

Auf der Rückfahrt sprachen sie kaum ein Wort. Erst als sie an Andrés Wohnung angelangt waren, brach der das große Schweigen.

„Und nun? Weißt du, was du angerichtet hast?“ Seine Augen glänzten.

Neal nickte. Doch im Gegensatz zu André wirkte er recht gefasst. „Ich habe zwar meinen Vorsatz gebrochen, aber das war es mir wert.“

Seine Hand landete auf Andrés Schenkeln. Erneut strich er den Stoff des kurzen Rockes zur Seite, um die halterlosen Strümpfe, die an den Oberschenkeln mit einem Spitzenabsatz endeten, zu begutachten.

„Du hast alles kaputt gemacht!“, fauchte André. Wütend stieg er aus dem Wagen aus, und Neal fand keine Worte, um die gespannte Situation zu schlichten.

Als sie still nebeneinander im Bett lagen, hörte man André leise schluchzen.

„Es tut mir Leid“, sagte Neal, und er meinte es wirklich so. Dass er nun auch André, seinen besten Freund, derartig abgefertigt hatte, machte ihn sehr betroffen. Aber nun konnte man es nicht mehr ändern. Und dass es einmal so kommen würde, hatte Neals stets geahnt.

Als es am nächsten Morgen an der Tür klingelte, waren es drei Männer von der Speditionsfirma, die Neals Gepäck – bestehend aus drei Koffern und drei großen Umzugskartons – abholten.

„Und die Möbel?“, fragte einer der Männer, woraufhin Neal nur den Kopf schüttelte. „Möbel gibt es nicht.“

Er zückte einen Zettel, der die Reiseroute des Gepäcks bestätigte. „Nach London Heathrow Flughafen und danach bitte mit der Bahn nach Bristol. Eine weitere Spedition wird die Sachen dann zu meinem Stiefbruder bringen.“

Die Männer nickten, nachdem sie Neals Zettel mit ihrer Auftragsbestätigung verglichen haben. „Geht klar!“ Und nach wenigen Minuten hatten sie das Gepäck verladen, so dass wieder Ruhe einkehrte.

Von Neals Hab und Gut war nur noch sein Portemonnaie und die Flugtickets geblieben, die er in seinem Handgepäck, einem Rucksack, verstaute.

Er sah auf die Uhr, dann auf André, der noch tief und fest schlief und von dem ganzen Trubel nichts mitbekommen hatte. Vorsichtig legte sich Neal zu ihm auf das Bett. Er strich seinem Freund über das dunkle Haar. Und als er die Decke zur Seite schob und Andrés Gesäß erblickte, erfasste es Neal mit erneuter Gier.

Er entkleidete sich geräuschlos. Den knappen Stringtanga, den André trug, schob er zur Seite. Diesmal hatte Neal Gleitgel parat, so dass er das Ziel seiner Begierde vorbereiten konnte. Als seine schlanken Finger über Andrés Spalt glitten, um das Gel zu verteilen, wurde der wach. Er schnurrte wie eine Katze. Sein Leib zitterte leicht.

Neal war schnell erregt. Und seine Härte war kräftiger als sonst. Er spürte, dass ihn nicht nur die Lust nach Sex überkam, so, wie es sonst der Fall war, nein – es war die Lust auf André; auf seinen weichen, schlanken Körper.

Neal strich dessen Haare zur Seite, damit er seinen Nacken liebkosen konnte. Er küsste sich regelrecht daran fest. Seine Arme umschlossen Andrés Leib mit aller Kraft. Dann drang er langsam in ihn ein, um kurz darauf mit sanften Stößen fortzufahren.

Ihre Vereinigung dauerte länger als am Abend davor. Neal änderte die Position mehrere Male. Er drehte André auf den Rücken, um von vorne in ihn einzudringen, dann nahm er ihn seitlich – nur für wenige Stöße. André war schon längst gekommen, als Neal auch seinen Orgasmus endlich zuließ, in dem er nochmals von hinten in seinen Freund eindrang.

Sie beide waren erschöpft und ebenso sprachlos, als alles zu Ende war.

André blieb im Bett sitzen, während Neal noch einmal duschte, sich dann anzog und plötzlich sehr gestresst wirkte.

„Ich muss los – zum Autohändler – meinen Wagen verticken.“ Stirnrunzelnd griff er zu den Autopapieren, die er schon auf dem Küchentisch zurecht gelegt hatte. „Danach fahr ich mit Richard direkt zum Flughafen.“

Er verstaute die Sachen in den Rucksack, dann machte er ihn endgültig zu.

André hingegen wirkte immer bedrückter. „Allmählich kann ich deine Schwester verstehen. Ist kein gutes Gefühl, so sitzen gelassen zu werden.“

Er schluckte verkrampft, um aufsteigende Tränen zu unterdrücken.

Neal kam näher. Er fühlte sich nicht gut bei der Sache, was sein Freund nicht zu merken schien. Und was Neal nun von sich gab, überraschte ihn selbst.

„Komm’ doch mit nach London.“

Aus Verlegenheit biss er sich auf die Unterlippe, doch um nichts in der Welt hätte er dieses Angebot rückgängig gemacht. André war sprachlos. Vorsichtig richtete er sich auf, als traute er seinen Ohren nicht.

„Ich soll mitkommen?“

Neal wand sich ein bisschen. Er wollte nicht, dass André das Angebot falsch verstand.

„Hör zu“, fing er deshalb an zu erklären. „Ich will nach wie vor keine Beziehung – ich bin noch nicht soweit.“

Er fuhr sich über das schmale Gesicht. Man konnte erahnen, dass er sich vielleicht eine feste Beziehung gewünscht hätte, doch die schlechte Erfahrung, die er gemacht hatte, hielt ihn davon ab.

„Trotzdem könnten wir eine schöne Zeit in London haben.“ Es klang verlockend. Fast geistesabwesend nahm er einen von Andrés Nylonstrümpfen, die auf dem Stuhl lagen, in die Hand. Er hielt ihn ganz fest. „Überleg es dir“, sagte er noch, dann steckte er den Strumpf in seine Hosentasche. „Und falls du hier bleibst ...“ Er zuckte mit den Schultern. „Wird mich der Strumpf an dich erinnern.“

Er wendete sich zur Tür, was André nun erst recht aus der Fassung brachte.

„Du kannst doch nicht einfach gehen!?“

Aber Neal antwortete nicht mehr.

Neal hatte die Hände in die Hosentaschen gesteckt und machte ein paar Schritte nach vorne. Dann sah er sich um, nahm die Sonnenbrille ab, und als er immer noch nichts von André sah, setzte er die Brille wieder auf.

„Na, dein Babe kommt wohl nicht mehr.“

Richards Stimme klang amüsiert. Auch er guckte zum Eingang des Flughafens, wo die Passagiere nach und nach einströmten. Nebenbei aß er einen Schokoriegel.

„Ich habe ihn vor die Wahl gestellt“, berichtete Neal. „Entweder mitkommen als mein Betthase, oder hier bleiben.“ Er dachte kurz nach. „Das war wohl nicht die feine englische Art?“

Doch Richard schüttelte den Kopf. „Das wird er schon verstehen. - Mensch, wir ziehen nach London! Wer will in dieser Stadt schon fest gebunden sein?“ Er lachte und brachte Neal dabei zum schmunzeln.

„Du hast Recht. Wir werden dort sicher einiges erleben.“

Sie nahmen ihre Rucksäcke, um dem Terminal entgegenzusteuern.

Bis plötzlich eine laute Stimme ertönte. „Wartet doch auf mich!“

André eilte auf hochhackigen Schuhen heran. Mühselig schob er einen Gepäckwagen vor sich her, auf dem sich drei Koffer und eine große Reisetasche befanden. Neal drehte sich um. Erstaunt hob er die Augenbrauen. Mit Andrés Erscheinen hatte er tatsächlich nicht mehr gerechnet.

„Da musst du draufzahlen. Dein Gepäck hat Übergewicht!“

Eine bedrückende Stille entstand.

„Meinst du?“ Andrés Gesicht zeigte große Unsicherheit.

„Ich konnte mich einfach nicht entscheiden, was ich mitnehmen soll. Und dann musste ich noch das mit der Wohnung regeln! Das kam ja alles so plötzlich!“ Er seufzte theatralisch auf. Und in diesem Moment war Neal froh darüber, dass André sich entschieden hatte mitzukommen. Er legte den Arm um dessen schmale Schultern und flüsterte ihm ins Ohr: „Bleib locker, Darling. Ab heute wird gelebt.“

VII.

Es war vier Jahre später, als Francis mit ihrem silbernen Lancia auf den Hof der Andersons fuhr und zügig ausstieg. Sie öffnete die hintere Wagentür, wo ein kleiner Junge in einem Kindersitz saß.

Zusammen gingen sie in das Haus. Die Haushälterin Carla empfing sie freundlich.

„Ich habe Ihnen einen Zettel fertig gemacht“, informierte Francis. Sie reichte Carla einen Umschlag. „Oben stehen die Bestellungen für das Catering und unten die Dinge, die sie mir bitte richten müssten. Ich hole alles am Sonnabend ab!“

Die Haushälterin nickte und verschwand wieder in der Küche.

Francis und ihr kleiner Sohn Nicholas gingen derweilen in das Esszimmer, wo Stephanie und Peter am Tisch saßen und genüsslich frühstückten.

„Es tut mir Leid, dass ich zu spät komme“, unterbrach ihre Tochter, dabei gab sie jedem Elternteil einen Kuss auf die Wange, „doch der Verkehr ...“ Sie verdrehte die Augen.

Sie trug ein schwarzes Kleid, welches ihre schlanke Figur stark betonte. In der Hand hielt sie eine Tasche, aus der sie nun ein paar Spielsachen nahm.

„Sag „Guten Morgen“ zu Oma und Opa!“

„Hallo“, erwiderte Nicholas kurz angebunden. Das Spielzeug, welches Francis ihm entgegen reichte, war spannender. Er kniete sich auf den Boden und begann die Autos über das Parkett zu schieben.

„Möchtest du nichts essen?“

Er schüttelte den Kopf, woraufhin Francis mit den Schultern zuckte.

„Brauchst du noch Hilfe für deine Feier?“, fragte Peter gespannt. Er schenkte seiner Tochter Kaffee ein und reichte ihr den Brötchenkorb.

Francis schüttelte den Kopf.

„Ich habe Carla alles aufgeschrieben. Am Sonnabend früh werden wir die Sachen abholen – Thilo hilft mir dabei.“

„Oh, das ist schön“, lenkte Stephanie sofort ein. Immer,

wenn die Sprache auf Thilo kam, zeigte sie sich erfreut. In all den Jahren hatte sie nie wirklich Zweifel daran gehabt, dass jener der Vater von Nicholas war. „Du wirst sicher einen schönen Geburtstag haben."

Ihre Tochter nickte. Im Grunde genommen war ihr diese Feier gar nicht recht. Erst vor wenigen Wochen hatte sie in der Anderson Firma angefangen zu arbeiten. Sie tat sich schwer damit, ihren Sohn tagsüber in einen Hort zu geben. Zudem war ihre Wohnung noch nicht komplett eingerichtet. Da gab es Strapazen genug. Und dennoch fand es Francis angebracht, ihren zwanzigsten Geburtstag mit guten Freunden zu feiern.

Während des weiteren Frühstücks öffnete sich die Tür und Carla sah hinein.

„Entschuldigen Sie die Störung", sagte sie zaghaft, „aber Ihr Sohn ist am Telefon!"

Peter sah sofort auf. „Jarvis?"

Seine Stirn legte sich in Falten, denn sein Sohn, der in Bristol lebte, rief selten an, sondern schrieb lieber unleserliche Karten oder kam zu Feierlichkeiten persönlich vorbei.

Carla schüttelte demzufolge auch sofort mit dem Kopf. „Nein, Ihr Sohn aus London."

Da sprang Stephanie auf und kam der Haushälterin entgegen. „Neal?"

„Ich habe das Gespräch in die Bibliothek gestellt", sagte Carla und schon war sie mit Stephanie verschwunden.

Zurück blieb eine beängstigende Stille. Man hörte nur Nicholas, der immer noch seine Autos auf dem Boden hin und her rollte.

Als Peter zu seiner Tochter sah, bemerkte er, dass sie regelrecht erstarrt war.

„Ihr habt immer noch keinen Kontakt zueinander?", fragte er vorsichtig.

Francis schüttelte den Kopf. „Nein."

Sie sah stur auf ihren Teller, was Peter signalisierte, nicht weiter zu fragen. Und dann kam auch Stephanie wieder in das Esszimmer und wirkte sichtlich erheitert.

„Stellt euch vor!“, begann sie, dabei trat sie aufgeregt an den Tisch heran. „Neal kommt zurück. Schon in wenigen Tagen.“

Erwartungsvoll sah sie in die Runde, doch Peter konnte vor Erstaunen erst einmal keine Worte fassen, und Francis schien eher wütend über diese Neuigkeit.

„Jahrelang lässt er sich nicht blicken, ruft nur alle Monate mal bei euch an, und nun wirst du ihn mit offenen Armen empfangen?“ Sie schüttelte den Kopf. Nie hatte sie verstanden, dass sich Neal so drastisch zurückgezogen hatte. Obwohl er in England mittlerweile als Sänger der Band The Drowners große Aufmerksamkeit genoss, schien es, als hätte er sich von seiner Familie gänzlich distanziert.

Stephanie hingegen blieb begeistert. „Natürlich freue ich mich, dass er zurückkommt.“ Belehrend sah sie ihre Tochter an. „Ihr solltet eure Differenzen endlich aus der Welt räumen.“

Francis verzog daraufhin nur das Gesicht. Ihr war der Appetit auf das gemeinsame Frühstück mit den Eltern vergangen.

„Damals ward ihr doch froh, dass er gegangen ist“, erinnerte sie an die Vorfälle der vergangenen Jahre.

„Es waren andere Umstände“, schaltete sich nun Peter ein. Er seufzte tief. „Aber nun ist eine Zeit lang vergangen, und ich freue mich auch, den Jungen endlich mal wieder zu sehen.“

Francis seufzte laut, als könne sie nicht begreifen, dass ihr Vater ebenso erfreut über Neals Rückkehr war.

„Na, dann kann er sich ja glücklich schätzen!“, warf sie in den Raum, dann wandte sie sich um. „Ich muss noch einmal zu Carla.“ Mit ernster Miene verließ sie das Esszimmer. Die Tür schloss sich geräuschvoll.

Stephanie setzte sich wieder an den Tisch und hob die Schultern. „Verstehe ich nicht, dass sie das Neal nach so langer Zeit immer noch nachträgt.“

„Tja“, erwiderte Peter, der im Gegensatz zu seiner Frau sehr wohl wusste, warum Francis noch immer schlecht auf

Neal zu sprechen war. Aber die Wahrheit konnte er seiner Frau auch jetzt nicht sagen. „Sie haben sich damals eben gut verstanden“, versuchte er deswegen nur grob festzustellen. „Es war sicher nicht einfach für sie, plötzlich ohne Bruder zu sein.“

Am Sonnabend herrschte wunderschönes Maiwetter. Gegen Mittag trafen Francis und Thilo bei den Andersons ein, um die Getränke und Speisen für die Feier abzuholen. Nicholas war auch dabei. Er hielt die Hand seiner Mutter und zusammen marschierten sie durch die große Eingangstür. Von Peter und Stephanie war nichts zu sehen, nur Carla hörte man in der Küche hantieren. Und als Francis vorsichtig in das Esszimmer sah, glaubte sie zu träumen, als sie dort ihren Bruder erblickte. Er saß am Tisch bei einer Tasse Kaffee. Doch als er seine Schwester sah, stand er sofort auf, wobei die Zeitung, die er gerade gelesen hatte, zu Boden fiel. Seine Augen waren weit, sein Mund geöffnet, als könne er nicht glauben, dass es wirklich Francis war, die vor ihm stand. Sie war in all den Jahren erwachsen geworden, fraulicher. Neal hatte damit gerechnet, aber nun schien er trotz allem erstaunt.

„Äh, hallo“, stammelte er. Schnell hob er die Zeitung von dem Boden auf, um danach seine Schwester wieder anzuschauen. Ebenfalls starrte er auf den kleinen Jungen, der immer noch ihre Hand hielt.

Hinter ihr winkte Thilo kurz und gab dann zu verstehen: „Ich geh mal zu Carla. Ihr wollt sicher alleine sein.“ Er wandte sich um und war sogleich verschwunden.

Francis, die noch immer nichts gesagt hatte, warf ihm einen wütenden Blick hinterher, als würde Thilo mit seiner Vermutung völlig falsch liegen. Darauf sahen sich die Geschwister wieder in die Augen.

„Ja, also, alles Gute zum Geburtstag!“, wünschte Neal. Er war sichtlich verlegen, kam noch etwas näher, um ihr die Hand zu reichen, aber sie griff nicht zu.

Neal schluckte. Dass das Zusammentreffen mit ihr so verkrampft ablaufen würde, hätte er nicht gedacht.

Schließlich lächelte er, als er Nicholas betrachtete. Der Junge hatte dunkle Haare wie sein Vater, ein schmales Gesicht und blaue Augen.

„Du bist Nicholas." Neal beugte sich zu dem Jungen herunter, doch als er ihm über das Haar streichen wollte, zuckte dieser ängstlich zusammen.

„Er mag es nicht, wenn Fremde ihn berühren", äußerte sich Francis nun. Sie schickte ihren Sohn in die Küche.

„Wusste nicht, dass du schon dieses Wochenende kommen wolltest", fuhr sie fort. Ihr Gesicht zeigte keine Regung von Freude, was Neal noch mehr verunsicherte. Nervös kratzte er sich den Nacken.

„Es ergab sich so."

Francis nickte, wollte dem nichts weiter hinzufügen.

„Tja, dann ..." Sie drehte sich um. „Muss ich auch zu Carla. Wir wollten nämlich nur etwas abholen."

Schnellen Schrittes verließ sie das Esszimmer. Ihr langes Kleid wehte um ihre langen Beine. Und Neal konnte immer noch nicht fassen, dass es tatsächlich Francis war, die ihm eben gegenüber gestanden hatte. Und es stimmte ihn traurig, dass sie sich über seine Rückkehr in keiner Weise zu freuen schien.

Als sie die Kühltaschen mit den Speisen in den Wagen geladen hatten, versammelten sie sich zusammen im Garten, wo Stephanie und Peter einen kleinen Geburtstagstisch vorbereitet hatten. Sie tranken ein Glas Sekt zusammen und nahmen einen Imbiss zu sich. Die Stimmung war gut, bis auf die von Neal, der etwas abseits stand und misstrauisch beobachtete, wie Thilo mit dem kleinen Nicholas Fußball spielte. Mit Francis wechselte er kein weiteres Wort mehr. Eine zweite Abfuhr wollte er nicht riskieren. Und dann brachen sie die kleine Feier auch ab.

Thilo sah auf seine Uhr. „Wir müssen noch einiges vorbereiten."

Auch Francis stimmte dem Aufbruch zu. Sie verabschiedeten sich bei ihren Eltern. Bei Neal jedoch nicht. Jener war inzwischen weit in den Garten hinaus geschlendert und sah nur von weitem, wie seine Schwester das Anwesen verließ. Ungewollt baute sich Wut in ihm auf.

Und er wusste nicht einmal genau, warum. Schließlich nahm er vor dem kleinen Gartenhäuschen Platz. Er bemerkte nicht, wie Peter sich näherte, erst, als er dessen Stimme vernahm.

„Euer Wiedersehen war wohl nicht so wie erhofft?"

Neal seufzte. Er wusste genau, worauf sein Vater hinaus wollte.

„Es sind vier Jahre vergangen", antwortete Neal. „Vier Jahre. Und sie ist immer noch sauer auf mich." Er senkte den Kopf. „Dabei bin ich doch nicht fort gegangen, um ihr weh zu tun."

Resignierend lehnte er sich gegen die Wand des Häuschens.

„Ihr ward damals der Situation nicht gewachsen", sagte Peter. Und sein Sohn war erstaunt darüber, dass er das Thema so offen ansprach.

„Francis war noch ein halbes Kind, und du noch nicht wirklich erwachsen genug, um damit fertig zu werden." Er klopfte Neal auf die Schulter. „Ich denke, ihr müsst darüber reden und euch aussprechen."

Neal nickte. Genau dasselbe hatte er vorgehabt. Doch wie sollte er vorgehen, wenn Francis sich so verschlossen und abweisend zeigte?

„Vorhin hat sie mich behandelt wie Luft", stellte er betrübt fest.

Peter grinste nur. „Wäre ihr die ganze Angelegenheit egal, dann wäre sie dir gegenüber auch völlig neutral. Aber ihr Verhalten zeigt doch etwas ganz anderes."

Er dachte kurz nach und hatte dann die passende Idee.

„Geh zu ihrer Party heute Abend. Das ist eine nette Geste. Und ich bin mir sicher, dass sie dann allmählich auftauen wird."

Das Taxi hielt vor einem großen Haus, in dem mehrere Mietparteien wohnten. Es dämmerte schon, so dass das Gebäude im Schatten der Straßenlaternen lag, doch in mehreren Fenstern brannte Licht. Skeptisch sah Neal empor. Schließlich seufzte er, und als jemand aus dem Haus kam, rannte er schnell zur Eingangstür und trat ein, ohne klingeln zu müssen.

Seine Schwester wohnte im zweiten Stockwerk, welches er mit einem mulmigen Gefühl im Magen erklomm. Oben angekommen blieb er stehen.

Er sah auf Francis' Namensschild und dann zu der Wohnung gegenüber. Dort war Thilos Name zu lesen. Er schüttelte irritiert den Kopf, und als er gerade bei Francis klingeln wollte, öffnete sich Thilos Wohnung und selbiger kam heraus. In seinen Armen lagen Chipstüten.

Er war schwarz gekleidet, sein langes Haar war ebenfalls tiefschwarz. Er hatte dunkel umrandete Augen und ein blasses Gesicht, in seinen Ohren hingen mehrere Ringe.

Es signalisierte Neal sofort, dass Thilo noch immer der Gothic Szene angehörte, doch er wirkte keinesfalls düster oder angsteinflößend, eher gemütlich und ausgeglichen.

Als er Neal im Flur stehen sah, weiteten sich seine Augen und er nickte anerkennend.

„Stimmt also, was Francis gesagt hat“, er kam näher, „du bleibst länger.“

Kurz sahen sich die beiden an, dann zückte Thilo einen Schlüssel und schloss die Wohnung von Francis auf. „Kommst du zur Party?”, fragte er noch, ohne eine wirkliche Antwort zu erwarten. „Sehr mutig.“

In dem Moment hallte lautes Gelächter aus der Wohnung. Zigarettenqualm drang ihnen entgegen und schon war Thilo verschwunden, so dass Neal nur langsam folgte und schließlich im Wohnungsflur stehen blieb.

Rechts von ihm sah er in das große Wohnzimmer, an das sich nahtlos eine Essecke anschloss. Er erspähte ungefähr zehn Personen, die sich unterhielten, lachten, Alkohol tranken und sich zu amüsieren schienen. Neal kannte keinen von ihnen.

Als er sich umdrehte, sah er links von sich eine geschlossene Tür. Er nahm an, dass es sich um das Schlafzimmer handelte. Ein paar Schritte weiter kam die

Gästetoilette, gerade durch die Küche und rechts daneben das Kinderzimmer, dessen Tür ebenfalls geschlossen war.

Stimmen drangen aus der Küche. Als Neal dort hineinsah, erblickte er noch weitere Personen, unter ihnen auch Thilo, der nun an Neal vorbei ging, ohne ihn weiter zu beachten.

Und schließlich erkannte er seine Schwester, die gerade den Kühlschrank öffnete und eine Flasche Sekt heraus nahm. Lächelnd wandte sie sich um, doch als sie ihren Bruder bemerkte, wurden ihre Gesichtszüge ernst.

„Was machst du denn hier?“, entwich es ihr. Sie trug ein schwarzes, bodenlanges Kleid mit langen Ärmeln. Ihr Haar war noch länger als damals. Sie hatte es zu einem Zopf nach hinten gebunden. Sie stellte die Flasche ab und musterte Neal gründlich.

„Dad hat mir von deiner Feier erzählt. Ich dachte, ich sehe mal vorbei“, gab er zu verstehen. Ein verkrampftes Lächeln folgte und mit einem Mal wusste er nicht genau, ob sein Besuch wirklich so eine gute Idee gewesen war.

„Aha.“ Seine Schwester kam näher. Neal reichte ihr ein kleines Päckchen. Es war rot mit einer blauen Schleife.

„Noch mal alles Gute zum Zwanzigsten.“

Francis nahm das Geschenk entgegen und nickte. Dann deutete sie in die Küche.

„Getränke findest du im Kühlschrank. Und bediene dich am Buffet. Es ist wirklich lecker.“

Sie versuchte ebenfalls ein Lächeln, was ihr deutlich schwer fiel.

„Schläft Nicholas schon?“, fragte Neal daraufhin. Krampfhaft versuchte er, das Gespräch aufrecht zu erhalten. Francis nickte.

„Ihn stört der Lärm nicht.“ Sie sah in Richtung Wohnzimmer. „Ja, ich geh mal wieder rüber.“ Ohne weitere Worte verschwand sie zu den anderen Gästen.

Neal seufzte, doch er gestand sich ein, dass er nichts anderes von ihr hätte erwarten können. Somit ging er in die Küche, wo er sich ein Bier aus dem Kühlschrank nahm. Die Personen, die ebenfalls am Buffet standen, grüßten ihn oberflächlich, dann waren auch sie wieder im Wohnzimmer verschwunden.

Neal blieb alleine zurück. Und während er sich über den Thunfischsalat hermachte und das Bier leerte, verging die Zeit ohne weitere Vorkommnisse.

Ab und zu kam ein Gast vorbei und holte kulinarischen Nachschub, doch von seiner Schwester war nichts mehr zu sehen.

Als Neal das zweite Bier trank und dazu eine Zigarette rauchte, gesellte sich Thilo zu ihm.

Sie beide hatten sich früher nicht wirklich viel zu sagen gehabt, und auch jetzt blieb eine gewisse Distanz zwischen ihnen.

„Du hast ja richtig Karriere gemacht", fing Thilo die Unterhaltung an. „Deine Musik gefällt mir."

Neal hob die Augenbrauen. Er hätte nicht damit gerechnet, dass Thilo sich für britische Popmusik interessieren würde, obwohl The Drowners längst eine der angesagtesten Bands im Musikbusiness war. Neal hatte immer von einem Erfolg geträumt. Dass dieser dann doch so groß ausfallen würde, hatte ihn und Richard sehr überrascht. Und ein derart positives Kompliment hatte er von seinem Gegenüber nicht erwartet.

„Ich habe angefangen Sozialpädagogik zu studieren." Thilo hob die Schultern etwas an und sah unzufrieden aus. „Ich glaube aber, das ist nichts für mich. Wahrscheinlich mache ich auch noch etwas in Richtung Musik."

Neal nickte. Er wusste nicht, warum Thilo plötzlich so redselig war. Vielleicht lag es am Alkohol? Oder fühlte sich Thilo mittlerweile nicht mehr in der unterlegenen Rolle, wie damals?

„Wieso wohnst du genau gegenüber?", wollte Neal wissen. Es hatte ihn tatsächlich schon die ganze Zeit interessiert, warum Francis unbedingt im selben Haus mit diesem „Gothicman" wohnen musste – zudem noch auf derselben Etage!

„Das ergab sich so", schilderte Thilo. „Die Wohnung wurde frei, ich bin eingezogen." Er machte eine kleine Pause, in der er sich eine Frikadelle in den Mund stopfte und dann ziemlich unverständlich zu verstehen gab: „Außerdem kann ich dann besser auf Nicholas aufpassen, wenn Francis nicht kann."

Neal sah zu Boden. Mit einer ähnlichen Antwort hatte er gerechnet. Und während er sich ein weiteres Bier aus dem Kühlschrank nahm, fragte er beiläufig:

„Seid ihr eigentlich ein Paar? Du und meine Schwester?"

Thilo grinste verhalten. Hastig schluckte er runter. „Nein, aber ich arbeite dran."

Schadenfroh klopfte er Neal auf die Schulter und war dann wieder verschwunden.

Es war still geworden in der Wohnung. Neal drückte eine weitere Zigarette in dem vollen Aschenbecher aus. Der Geschmack nach Tabak und Bier war inzwischen unerträglich geworden. Dabei war er solche Abende aus London gewohnt. Auch dort hatte er sich Nächte um die Ohren geschlagen. Im Studio, auf Konzerten, in Kneipen oder in Hotels. Doch dort gab es auch Ablenkung. Und jetzt hatte Neal eher das Gefühl, er würde vor Langeweile einschlafen, als schließlich Francis wieder erschien. Sie sah müde aus. Ihre Wangen leuchteten rosa. Sie schien nicht damit gerechnet zu haben, dass noch jemand in der Küche war, denn die anderen Gäste waren schon fort.

Sie zuckte regelrecht zusammen, als sie ihren Bruder in der hintersten Ecke erblickte.

„Du bist noch hier?" Augenblicklich kam eine Wachsamkeit in ihre Augen, doch ihr Körper verkrampfte sich, als wäre ihr diese Situation unangenehm.

„Mir blieb ja keine andere Möglichkeit, als zu warten bis alle weg sind." Er nahm sich eine Cocktailtomate von dem Buffet, um den Zigarettengeschmack in seinem Mund zu neutralisieren. „Vielleicht hast du ja jetzt einen Augenblick Zeit für mich."

Er näherte sich ein paar Schritte. Francis sah zu Boden.

„Es tut mir Leid, dass ich nur bei den anderen Gästen war, aber ..."

Neal winkte ab. Er brauchte keine Erklärung. Er verstand ihr Verhalten sogar.

„Das macht nichts“, sagte er daher. „Ich bin ja froh, dass du wenigstens mit mir redest.“

Automatisch griff er wieder nach seiner Zigarettenschachtel. Als er sich eine Zigarette ansteckte, den Rauch tief inhalierte, seine Wangen dabei hohl zusammen fielen und sein schwarzes Haar die rechte Gesichtspartie bedeckte, schüttelte Francis mit dem Kopf.

„Du hast dich kaum verändert“, sagte sie leise. Es klang fast unheimlich. Sie musterte den schlanken Körper ihres Bruders, der wie damals eine Cordhose mit Schlag und ein enges Hemd dazu trug. Ebenfalls hatte er eine schwarze Lederjacke an, die ihm nur bis zur Hüfte reichte. Sie war neu, und dennoch glich sie genau der Jacke, die Neal schon vor Jahren ständig getragen hatte. Sein Gesicht war kantiger geworden, das war ihr aufgefallen. Und wenn Neal lächelte, sah man kleine Fältchen an seinen Augen. Doch er war nicht gealtert, höchstens erwachsener geworden.

„Das kann man von dir nicht sagen“, holte sie seine Stimme aus den Gedanken zurück. Seine blauen Augen hefteten sich auf ihren Leib. Natürlich war sie noch so schön wie früher, doch auch einige Zentimeter größer. Sie hatte einen volleren Busen und ein weiblicheres Gesicht bekommen. Sie war dezent geschminkt, wirkte vornehm und elegant. Kein Vergleich zu dem fünfzehnjährigen Mädchen, welches Neal damals lieben gelernt hatte.

„Du bist eine wunderschöne Frau geworden.“

Als er das sagte, sah Francis zur Seite. Verlegen öffnete sie den Kühlschrank, um ihm Mineralwasser zu entnehmen. Ein leises „Danke“ wich über ihre Lippen. Und es war, als wolle sie sofort vom Thema ablenken.

„Wieso bist du zurückgekommen?“

Mit dieser Frage hatte Neal gerechnet. Und er hatte keine Probleme damit, ihr mitzuteilen, warum er nach vier Jahren den Weg nach Deutschland zurück gefunden hatte.

„Wir brauchen eine Pause“, erklärte er. Es war klar, dass er sich auf seine Band bezog. „Zwei Alben, zwei Tourneen, ständig Reisen und nur in Hotels wohnen ..." Er seufzte, als er an seinen Lebensstil der letzten Monate und Jahre dachte. Seine Band hatte in England mehr Erfolg gehabt, als zuerst anzunehmen war. Er und seine Bandkollegen wurden vor vier Jahren als Newcomer des Jahres ausgezeichnet, und der weitere Erfolg knüpfte sich nahtlos an.

„Wir machen einen kreativen Schnitt, sozusagen. Neue Energien schöpfen und etwas Abstand bekommen von dem Business."

Francis nickte. Sie hätte sich denken können, dass Neals Rückkehr nichts mit ihr zu tun hatte. Dennoch wirkte sie jetzt noch reservierter, als sie von der Erholungspause der Band hörte.

„Dann bleibst du für länger?", hakte sie nach. Währenddessen schenkte sie sich ein Glas Wasser ein und begann, die Küche aufzuräumen, als wären ihr die Pläne ihres Bruders gar nicht wichtig.

Neal, der inzwischen seine Zigarette ausgedrückt hatte und sich nun auch etwas Wasser nahm, stimmte zu.

„Ich werde etwas bleiben, ja."

Eine bedrückende Stille baute sich zwischen ihnen auf, als hätten sie sich nichts mehr zu sagen. Und um die Lage nicht unangenehmer zu machen, als sie ohnehin schon war, sah Francis auf ihre Armbanduhr und sagte: „Tut mir leid, aber ich bin müde."

Auffordernd sah sie Neal an, und jener verstand sofort.

„Klar, ich wollte sowieso los."

Er stellte sein Glas ab und ging vor in den Flur, wo er dann unzufrieden feststellen musste, dass sie sein Geschenk noch nicht geöffnet hatte. Das blaue Päckchen stand unberührt auf der Kommode, neben dem Telefon.

„Willst du es nicht öffnen?", fragte er vorwurfsvoll.

„Ach!" Francis fasste sich an den Kopf. „Natürlich. Ich hatte es ganz vergessen."

Erneut schoss ihr die Röte in das Gesicht, als sie nach dem Päckchen griff. Und Neal hatte augenblicklich den Verdacht, dass sie sein Geschenk mit Absicht missachtet hatte.

Doch schließlich lächelte sie, als sie das Päckchen geöffnet hatte und ein Schmuckkästchen zum Vorschein kam. In ihm war eine kleine Fußkette, die mit winzig kleinen, funkelnden Steinen versehen war.

„Darf ich sie dir ummachen?“, fragte Neal sofort, als er das begeisterte Gesicht seiner Schwester sah. Sie nickte. Und so nahm er ihr die Kette aus der Hand, kniete nieder und band sie um ihren schlanken Knöchel. Dabei berührte er ihren Fuß und ihr Bein, und Neal spürte sofort, dass ihre Nähe noch immer ganz merkwürdig auf ihn wirkte.

Als er sich wieder aufgerichtet hatte, glühten seine Wangen ebenfalls. Lange nicht mehr hatte er sich so verlegen gefühlt.

„Darf ich mir noch ein Taxi rufen? Das Hotel ist etwas entfernt“, fragte er schnell, dabei deutete er auf das Telefon.

Francis, die noch immer auf ihren Fuß mit der Kette blickte, stutzte plötzlich.

„Du wohnst nicht bei Mum und Dad?“

Neal schüttelte den Kopf. Bewusst hatte er es vermieden, sein altes Zimmer im Hause Anderson zu beziehen. Dort schwirrten zu viele Erinnerungen umher. Und derzeit wollte er alles andere, als in der Vergangenheit schwelgen.

„Ich will mir was in der Stadt suchen“, erklärte er. „Von dem Leben auf dem Land habe ich genug.“ Er lächelte sein charismatisches Lächeln. Und für einen kurzen Moment war es wie früher zwischen ihnen.

„Du kannst auf dem Sofa schlafen“, sagte Francis. Sie war selbst über ihren Vorschlag überrascht, aber Neal lehnte sofort ab.

„Das halte ich für keine gute Idee.“ Er schluckte ernst, dann wandte er sich dem Telefon zu, um ein Taxi zu bestellen. Und bevor er ging, drehte er sich noch einmal um.

„Aber, vielleicht hast du ja die nächsten Tage Lust, dich mit mir zu treffen?“

Sie sahen sich an, als hätten sie sich erst vor wenigen Minuten kennen gelernt. Diese Distanz zwischen ihnen wollte einfach nicht weichen. Francis überlegte nur kurz, dann zuckte sie mit den Schultern. „Vielleicht, mal sehen. Kann ich dir nicht versprechen.“

Francis hatte ihr Büro im dritten Stock der Anderson Firma. Nach ihrem Schulabschluss hatte sie eine weiterführende Schule für Kunst- und Modedesign besucht, immer wieder an Seminaren und Fortbildungen teilgenommen und stets die Aufmerksamkeit ihres lehrenden Vaters genossen.

Für ein Studium blieb ihr, neben der Erziehung ihres Kindes, keine Zeit.

Doch dank ihres Talentes war sie gut genug, auch ohne jahrelange Studien, in der Firma als Designerin tätig zu werden.

Und da Sylvia, eine Designerin, die sich ihr Büro mit Francis teilte, die Firma aus privaten Gründen bald verlassen wollte, bot sich Francis ein breit gefächertes Angebot an Arbeitsaufträgen. Sie war immer bemüht, den Anforderungen ihres Vaters gerecht zu werden und trotzdem hatte sie genug Freiräume, um ihre eigene Kreativität auszuleben.

Am Montagmorgen sah Sylvia überrascht auf, als ein junger Mann ohne Vorankündigung das Büro betrat. Er trug eine helle Cordhose mit schwarzem Gürtel. Dazu ein kurzes T-Shirt, das nicht lang genug war, um seinen flachen Bauch zu bedecken. Auch die schwarze Lederjacke ging ihm nur bis zu den Hüften. Sein kinnlanger Pony war zur rechten Seite frisiert. Er war blass und sah dennoch sehr attraktiv aus. Sylvia erhob sich sofort, als der Mann sie fragend ansah.

„Kann ich Ihnen helfen?“

Der Mann nickte und deutete dabei in Richtung Francis, die angestrengt über dem Schreibtisch saß und an einem Entwurf skizzierte, nun aber interessiert aufsah. Als sie Neal erblickte, ließ sie den Stift los und lehnte sich in den Schreibtischsessel zurück. Sie war erstaunt, das konnte man sehen. „Was machst du denn hier?“

Neal lächelte.

„Ich wollte die Firma mal wieder von innen betrachten.“ Er kam näher, blickte dabei auf ihre Zeichnungen. „Und natürlich sehen, wie du so arbeitest."

„Aha." Francis blieb unbeeindruckt. Und da sie das fragende Gesicht ihrer Kollegin sah, stand sie auf, um die beiden miteinander bekannt zu machen.

„Sylvie, das ist Neal, mein Bruder."

Sylvia nickte kurz, dann erhellte sich ihr Gesicht.

„Oh, ich hätte Sie erkennen müssen!" Sie kam hinter ihrem Schreibtisch hervor, schüttelte Neal aufgeregt die Hand. „Ich kenne doch Ihre Band!"

„Kein Problem!", erwiderte Neal. Francis merkte, wie positiv sein Auftreten auf ihre Kollegin wirkte, und das stimmte sie irgendwie unzufrieden. Es war wie damals. Kaum betrat Neal den Raum, galt die Aufmerksamkeit ihm.

„Was willst du noch?", fragte sie demzufolge harsch. Am liebsten hätte sie Neal aus dem Büro geworfen. Seine Anwesenheit war ihr gar nicht recht. Und sie konnte nicht einmal genau urteilen, warum.

„Ich wollte dich zum Essen einladen."

Diese Tatsache raubte Francis fast die Worte. Ein unsicherer Blick ging zu ihrer Kollegin, die just in dem Moment einige Unterlagen in die Hand nahm und das Büro verließ.

Francis konnte erst antworten, als sie mit ihrem Bruder alleine war.

„Ich weiß nicht, ob ich auf die Schnelle eine Betreuung für Nichols finde", sagte sie, in der Hoffnung, Neal würde seine Einladung zurückziehen. Doch er blieb standhaft.

„Ich rufe dich später noch einmal an."

Francis blieb keine andere Möglichkeit, als still zu nicken.

Am Abend klingelte er bei Francis an der Wohnungstür. Er war nicht überrascht, als Thilo ihm öffnete und verkündete, auf Nicholas aufpassen zu wollen. Und dann erschien auch Francis. Sie trug ein langes, dunkelgraues Kleid, welches ihre Figur ausgezeichnet betonte.

„Wenn wir nicht zu lange bleiben, können wir nun los", sagte sie.

Neal war es recht. Ihm war egal, wie lange er mit seiner Schwester alleine sein würde. Wichtig war, dass sie sich überhaupt auf ihn einließ.

Sie gingen zu einem Chinesen, der zu Fuß schnell zu erreichen war. Dort nahmen sie sich einen Tisch in einer ruhigen Ecke.

Als sie ihr Essen bestellt hatten, entstand das Gespräch, welches sich Neal sehnlichst erhofft hatte.

„Dir scheint es ganz gut ergangen zu sein, die letzten Jahre“, begann er. Seine Augen waren weit, als würde er nun einen ausführlichen Rückblick der vergangenen Zeit erwarten, doch Francis blieb mit ihrer Antwort bescheiden.

„Ich kann mich nicht beklagen.“ Sie nippte an ihrem Glas Wein und wich Neals durchbohrendem Blick aus.

„Ich habe mich immer nach dir erkundigt, wenn ich mit Stephanie telefoniert habe“, gestand ihr Bruder. Er grinste verlegen, schien Francis damit allerdings nicht zu beeindrucken.

„Ich fand es schade, dass wir all die Jahre keinen Kontakt hatten“, fügte er hinzu. Es klang traurig. Sein ernstes Gesicht untermalte dies zusätzlich.

Aber auch das ließ Francis’ Gemüt nicht erweichen. Sie zuckte nur gleichgültig mit den Schultern. „Ich habe dir damals gesagt, dass ich keinen weiteren Kontakt wollte. Und das habe ich auch so gemeint.“

Es entstand eine bedrückende Pause, in der sich Neal eine Zigarette anzündete. Er war nervös. Und allmählich wusste er nicht mehr, was er von der ganzen Situation halten sollte.

Er zögerte, ehe er sagte: „Wieso bist du nach all den Jahren immer noch so kühl?“

Seine Schwester setzte das Glas ab. Ihre Lippen bebten, als könne sie ihre Wut, die sich all die Jahre in ihr aufgestaut hatte, nun nicht mehr zügeln.

„Du hast mich allein gelassen, schon vergessen?“, zischte sie. Ihre Augen funkelten. Böse sah sie Neal an. Und er konnte nur nicken und ihr zustimmen. Dass sein damaliges Verhalten vielleicht nicht ganz richtig gewesen war, konnte er nicht mehr abstreiten.

Betrübt senkte er den Kopf. „Sicher war es nicht astrein, dich alleine zu lassen. Aber – kannst du dir vorstellen, dass es mir auch verdammt schwer gefallen ist? Und mir blieb damals einfach keine andere Wahl."

Er drückte seine Zigarette aus. Stattdessen griff er vorsichtig nach ihrer Hand.

„Vielleicht kannst du mir das ja irgendwann einmal verzeihen?"

Francis schwieg auf diese Frage hin. Was sie von der Vergangenheit dachte, hatte sie deutlich zu verstehen gegeben. Es war nicht ihre Art, ein Thema tot zu reden. Und somit hörte sie auf, ihrem Bruder Vorwürfe zu machen. Die Stimmung wurde entspannter. Sie genossen das Essen, und mit jedem Glas Wein wich die Spannung zwischen ihnen.

Schließlich brachen sie auf und schlenderten zurück zu Francis' Wohnung.

„Du kommst doch noch auf einen Kaffee hoch, nicht wahr?" Sie blieb abrupt stehen. Ihr dunkles Haar wehte im Wind, und Neal hatte augenblicklich das Gefühl, eine neue Frau kennen gelernt zu haben. Diese Frau war jung, attraktiv, intelligent – und die Mutter seines Sohnes. Er räusperte sich, um seine Verwirrtheit zu überspielen, und seine Antwort war eher verhalten.

„Wenn Thilo nichts dagegen hat?"

„Thilo?" Francis runzelte die Stirn. „Was soll er dagegen haben?"

Sie drehte sich um und ging weiter. Neal folgte, doch ein komisches Gefühl blieb in seiner Magengegend zurück, und es verschwand erst, als sie die Wohnung betraten und Thilo kurz darauf ging. Nicholas schlief schon, so dass die Geschwister sich in das Wohnzimmer zurückzogen. Es war schon spät, doch der heiße Kaffee munterte sie auf. Neal nahm das Gespräch wieder auf:

„Zwischen dir und Thilo, läuft da eigentlich etwas?"

Seine Schwester schmunzelte. „Er hat es schon ein paar Mal probiert." Sie zuckte mit den Schultern. „Für mich wird er wohl immer nur ein guter Freund bleiben."

Sie goss Milch in ihren Kaffee und rührte ihn dann sorgfältig um. Und sofort ging sie zu einer Gegenfrage über. „Was ist mit André? Wird er auch zurück nach Deutschland kommen?“

Neal verneinte. „Er hat einen guten Job gefunden. An einem Varieté.“ Als er daran dachte, nickte er zufrieden. „Er hat Glück gehabt in London - und einen passenden Partner gefunden.“

„Das freut mich.“ Francis nippte an ihrem Kaffee, doch ihr blieb nicht verborgen, dass Neal diese Tatsache weniger zufrieden stimmte. Er vertiefte das Thema nicht mehr, sondern lenkte nun die Aufmerksamkeit auf seinen Sohn.

„Wenn du es erlaubst, würde ich Nicholas gerne näher kennen lernen. Ich bin ihm ja total fremd.“

Francis lachte kurz auf. „Was für ein Wunder! Er war zwei Wochen alt, als du gegangen bist.“

Betrübt musste sie daran denken, was damals geschehen war. Doch als sie zu dem Sofa blickte und dort ihren Bruder, mit einem ebenso mitgenommenen Blick, sitzen sah, konnte sie sogar ein wenig lächeln.

„Ich weiß, als Vater habe ich bis jetzt total versagt.“

Neal erhob sich. Er nahm seine Kaffeetasse mit und machte dann ein paar Schritte durch das Zimmer. Er stoppte an der Schrankwand, wo er ein paar Bilder stehen sah. Eines davon zeigte ihn, wie er Nicholas, ganz neu geboren, im Arm hielt.

„Er weiß nicht, dass ich sein Vater bin, oder?“

Francis schüttelte den Kopf. „Nein, ich habe all die Jahre nichts gesagt.“ Sie seufzte tief. „Stephanie denkt immer noch, dass Thilo der Vater ist. Dad schweigt, und ich bin froh, dass mittlerweile fast niemand mehr danach fragt.“

Sie stellte ihre Kaffeetasse ab, dann blickte sie zur Uhr.

„Es ist schon spät. Ich muss morgen früh raus.“ Fragend sah sie ihren Bruder an, der sich von dem Foto kaum lösen konnte. „Möchtest du vielleicht heute hier auf dem Sofa schlafen?“

Nun drehte sich Neal um. Auch er sah zur Uhr und stellte mit Schrecken fest, dass ihm ebenfalls nur noch wenige Stunden blieben, bis er den Termin mit dem Makler hatte. Zähneknirschend stimmte er zu. „Gern, es wäre für mich günstiger, als jetzt noch zum Hotel zu fahren."

Daraufhin zeigte Francis ihm das große Badezimmer, welches an das Schlafzimmer anschloss. Und während er sich dort erfrischte, richtete sie das Sofa zum Schlafen her.

Sie trug ein dunkelblaues Negligee, welches sie eigenst für die Anderson Collection entworfen hatte. Im Kleiderschrank suchte sie ein T-Shirt, das ungefähr Neals Größe entsprach. Als der aus dem Bad kam, reichte sie es ihm entgegen.

Er hatte nur noch seine Jeans an. Den Rest der Kleidung hatte er über dem Arm hängen. Sein Gesicht sah erfrischt aus, und auf seinem Oberkörper glänzten ein paar Wassertropfen.

„Irgendwie komisch", kam es aus ihm heraus. „Ich habe gar nicht das Gefühl, als wäre ich bei meiner Schwester zu Besuch." Er senkte schnell den Kopf, als er seinen Fauxpas bemerkte.

„Ja, dann – gute Nacht." Ein leichtes Lächeln überzog sein schmales Gesicht, dann ging er in Richtung Wohnzimmer. Und er hätte die Tür auch sofort ganz geschlossen, hätte er nicht noch einmal Francis' Stimme gehört. „Ach, Neal?"

Er kam wieder näher. „Ja?"

Sie stand vor dem Bett und hatte die Hände gefaltet. Sie sah aus wie ein Engel, und Neal konnte ihr die wütenden Worte am Anfang des Abends ohne weiteres verzeihen. Nun sah sie ihm direkt in die blauen Augen, die mit einem Mal glänzten, als wollten sie zahlreiche Tränen vergießen.

„Ich freue mich, dass du wieder da bist", sagte sie, woraufhin Neal fast der Atem stockte. Er schluckte verkrampft, sah irritiert zu Boden, als könne er ihren Anblick nicht länger ertragen. Mit einer derartigen Äußerung hatte er am wenigsten gerechnet.

„Ja, ich ... freue mich auch", bekam sie zur Antwort, doch es klang hölzern. Neal wandte sich um, und es machte den

Anschein, als wären es die letzten Worte des Abends gewesen, bis Neal nochmals stehen blieb und tief einatmete.

„Ich will dir nichts vormachen." Er drehte sich wieder um. „Dass wir mit der Band eine Pause einlegen, das ist wirklich wahr. Aber ich hätte auch in London bleiben können."

Er sah aus, als müsste er ein Geständnis ablegen. Die Kleidung, die er immer noch in den Händen hielt, presste er fest an seinen Körper. „Ich bin eigentlich nur wegen dir zurück nach Deutschland gekommen." Seine Augen zuckten unkontrolliert. Er konnte noch nicht einschätzen, wie seine Schwester darauf reagieren würde.

„Ist das wahr?", fragte sie verblüfft. Neal nickte.

Da senkte sie den Kopf. Kraftlos setzte sie sich auf das Bett, als wäre diese Nachricht eine schwere Last. Wortlos bedeckte sie ihre Augen mit den Händen. Sofort ließ Neal die Kleidung, die er hielt, zu Boden fallen. Er war sichtlich erschüttert von ihrer Reaktion.

„Deswegen musst du doch nicht weinen!", rief er verzweifelt. Doch Francis schüttelte den Kopf.

„Wieso hast du mich so lange warten lassen?" Sie sah auf. Tränen benetzten ihre Wangen.

„Es tut mir Leid." Mehr konnte Neal nicht erwidern. Er war genauso angespannt wie sie. Das einzige, was er zustande brachte, war, zu ihr zu treten und sie an sich zu ziehen. Er umarmte sie liebevoll und drückte sie fest. „Es tut mir wirklich Leid", beteuerte er noch einmal, dann versagte seine Stimme. Er spürte, wie sein Herz schneller schlug, wie ihm heiß wurde. Der Körper in seinen Armen löste noch immer dasselbe aus wie damals. Es verwirrte ihn sichtlich. Vorsichtig nahm er Abstand. Aber als er in ihre feuchten Augen sah und den Blick erkannte, der so flehend und gleichzeitig unglücklich schien, konnte er nicht mehr ablassen von ihr.

Er umfasste ihre Wangen, dann drückte er ihr einen Kuss auf die Lippen. Und sogleich nahm er auch wieder Abstand. Verstört schüttelte er den Kopf.

„Was machst du bloß mit mir?"

Er wusste nicht weiter. Natürlich hatte er ihre Nähe

ersehnt, doch diese jetzt so direkt zu spüren, bereitete ihm wieder Unbehagen. Sollte das alles wieder von vorne losgehen?

Er atmete angestrengt. Und seine Schwester schien dasselbe zu denken. Und um ihn zu beruhigen, umarmte sie ihn. Dabei spürte sie ihr eigenes Verlangen wachsen, und ihre Hemmschwelle war noch niedriger als damals.

Ohne zu zögern fasste sie an Neals Gürtel. In wenigen Sekunden hatte sie seine Hose geöffnet. Ihre Lippen trafen sich erneut. Doch jetzt küssten sie sich länger und intensiver. Schließlich sanken sie zurück auf das Bett ...

Der Wecker klingelte viel zu früh. Francis wurde davon nicht wach, und es war Neal, der ihn nach wenigen Sekunden ausdrückte. Nachdenklich sah er auf seine Schwester, die noch tief und fest schlief. Ihr langes, braunes Haar war über dem Kissen ausgebreitet. Sie trug noch den Lippenstift vom Abend zuvor, wenn auch deutlich verblasst. Ihr Oberkörper war entblößt. Neal deckte vorsichtig die Decke über ihre freiliegenden Körperstellen, dann zog er sich leise an.

Francis öffnete erst ihre Augen, als Nicholas an ihrer Bettdecke zog.

„Mami, müssen wir nicht aufstehen?"

Sie schreckte hoch. Der Wecker zeigte auf neun. Hastig schwang sie sich aus dem Bett, wobei ihr auffiel, dass Neal nicht mehr da war. „War ja klar", sagte sie zu sich selbst, als sie das Bad betrat, „kaum haben sie bekommen, was sie wollen, sind sie schon wieder weg."

Sylvia war dabei ihren Schreibtisch aufzuräumen. Da sie nur noch eine Arbeitswoche in der Anderson Firma vor sich hatte, bereitete sie alles vor, um ihren Platz reinlich zurück zu lassen. Daher bemerkte sie gar nicht, dass Francis sich so drastisch verspätet hatte. Als diese ganz außer Puste in dem Büro ankam, sah Sylvia das erste Mal zur Uhr.

„Hast du verschlafen?“

Francis schüttelte den Kopf. Sie zog ihre Jacke aus und nahm sich einen Kaffee. „Muss den Wecker überhört haben.“ Gierig trank sie ein paar Schlucke des heißen Getränks. Dabei entspannte sich ihr Gesicht ein wenig.

„Und gefrühstückt hast du wohl auch nicht?“ Sylvia runzelte die Stirn. „Scheint ein langer Abend gewesen zu sein.“

„Mmh.“ Francis drehte ihren Kopf weg. Sie merkte, wie ihr die Röte in das Gesicht schoss.

Immer wieder kamen ihr Bilder des gestrigen Abends in den Sinn. Sie spürte noch Neals Küsse, seine Hände auf ihrem Körper. Sie sah sein erregtes Gesicht vor sich, sie hörte sein Stöhnen und schien seine gefühlvollen Stöße erneut zu begehren.

Sie schreckte regelrecht zusammen, als das Telefon ging.

„Bleib ruhig!“, sagte Sylvia. Sie lächelte, als sie das Gespräch entgegen nahm. „Ja, sie ist hier.“ Dann reichte sie Francis den Hörer. „Für dich.“

Deren Hände zitterten, als die den Hörer an sich nahm. Wie erwartet, ertönte Neals Stimme.

„Ich bin’s.“

Francis nahm Platz. Ihr Körper stand augenblicklich unter Spannung.

„Ja, was ist denn?“ Es klang unsicher. Sie drehte sich ein wenig weg, damit Sylvia nichts mitbekam.

„Sorry wegen gestern“, begann Neal. „Ich habe schon wieder nicht dran gedacht, aber du musst mir glauben, sonst denke ich immer dran. Nur gestern kam es so überraschend, dass ich ...“

„Ähm.“ Francis stutzte. „Wovon sprichst du?“ Sie richtete sich etwas auf. Die Hitze und Anspannung in ihrem Körper war unerträglich. Und dass ihr Bruder nicht das sagte, was sie erwartet hatte, stimmte sie ziemlich unzufrieden.

„Na, Kondome“, sprach Neal weiter. „Denke nicht, dass ich aus unserem damaligen Fehler nicht gelernt hätte.“ Sie hörte ihn lachen.

„Mehr hast du mir nicht zu sagen?“ Ihre Stimme wurde ungewollt lauter, so dass Sylvia aufsah.

„Äh, doch. Entschuldige, dass ich heute früh so schnell weg bin, aber der Termin mit dem Makler ...“

Weiter kam Neal nicht, denn mit einem krachenden Geräusch legte Francis auf. Ihr Gesicht war feuerrot vor Wut. „Das glaube ich einfach nicht!“ Planlos sah sie durch den Raum, dann griff sie nach ihrer Jacke.

„Tut mir Leid, Sylvie. Ich nehme heute frei. – Mir geht es gar nicht gut.“

Nachdem sie die Firma verlassen hatte, fuhr sie direkt zum Hort. Ihr Sohn war noch mit anderen Kindern am Spielen, so dass sich Francis auf eine Bank setzen konnte und allmählich wieder zur Ruhe kam. Bis sie Schritte hörte.

Ein Mann nahm neben ihr Platz. Er war dunkel gekleidet, mit Cordhose, Lederjacke und festen Schuhen, einer bekannten, englischen Marke. Eindeutig zu warme Kleidung für diese Jahreszeit. Er trug eine Sonnenbrille, sein Pony verdeckte fast sein ganzes Gesicht.

„Woher weißt du, dass ich hier bin?“, fauchte Francis ihn an.

„Sylvia war so nett ...“ Neal lehnte sich zurück und strich dabei seinen langen Pony hinter das Ohr. Seine Stimme klang rau, seine Nase war rot, was seiner Schwester sofort auffiel.

„Bist du krank?“

Er nickte. „Ein wenig.“

Kurz schwiegen sie. Dann unterbrach Neal die Stille mit einem tiefen Seufzer.

„Mein Anruf heute Morgen war bescheuert, ich weiß.“ Er griff in seine Jackentasche, um Taschentücher heraus zu nehmen. Dann putzte er sich die Nase.

„Ich habe mich wohl gestern erkältet.“ Er warf das Taschentuch in den nahe liegenden Mülleimer, dann sah er seine Schwester an. „Ich bin schweißgebadet eingeschlafen.“

Nun sah sie beschämt zu Boden und musste dabei sogar ein wenig schmunzeln. Auch sie war am Abend zuvor sofort eingeschlafen, nachdem sie miteinander geschlafen hatten. Wie ausgehungert waren sie übereinander hergefallen.

Neal setzte seine Brille ab. Noch immer wirkte sein Blick anziehend auf sie.

„Ich dachte“, gab Francis zu verstehen, „nachdem, was gestern Nacht passiert ist, sollten wir über wichtigere Dinge sprechen, als über Kondome und Maklertermine.“

„Ja, natürlich.“ Neal stimmte zu. Er schien sogar etwas verlegen, als er daran dachte, dass es wieder seine eigene Schwester war, die ihm den Kopf verdrehte. Wie damals löste sie große Emotionen und ein außergewöhnlich starkes Verlangen in ihm aus. Trotzdem waren sie immer noch Geschwister.

„Wir stehen vor der gleichen Entscheidung wie früher“, sagte er nachdenklich. „Wir werden vielleicht nicht mehr die Fehler machen wie anfänglich, aber ...“

Francis nickte. „Dad meinte damals, wir wären nicht erwachsen genug, um die Sache zu bewältigen. Aber nun ...“ Sie schluckte und sprach das aus, was sie seit Neals Rückkehr mit sich herum trug. „Ich denke, ich weiß mittlerweile, was ich will.“

„Ja?“ Neal sah neugierig auf, doch ihr Gespräch wurde von Nicholas unterbrochen, der auf sie zugelaufen kam, dabei Neal ganz mürrisch ansah und quengelte: „Ich will nach Hause.“

Kräftig zog er an Francis’ Hand. Sie gab sofort nach. „Okay.“

Aber ihr Gesicht sah nicht glücklich aus. Zu gerne hätte sie die Lage mit Neal geklärt.

Ihm ging es nicht anders. Schon am Abend war er wieder da; besuchte sie in ihrer Wohnung. Er hatte Blumen mitgebracht, welche sie freudestrahlend entgegen nahm. Nur Nicholas zeigte sich weiterhin abweisend. Das Spielauto, welches Neal ihm mitgebracht hatte, ignorierte er gänzlich.

Erst als er im Bett war, konnten die Geschwister offen miteinander reden.

„Er versteht überhaupt nicht, wer ich bin." Neals Stimme klang verzweifelt und auch immer noch krächzend. Seine Erkältung war schlimmer geworden, doch er ließ es sich nicht anmerken. Und dass sein Sohn sich so abweisend verhielt, machte ihn direkt traurig.

„Ich werde ihm morgen noch mal genau erklären, dass du mein Bruder bist und warum du so lange weg warst", entschloss sich Francis, „dann ist endlich Schluss mit dem Zirkus."

Sie stand auf und räumte den Esstisch ab. Ohne Aufforderung half ihr Neal dabei.

„Lass mich erst mit ihm reden", bat er. Dabei fuhr er sich über die Stirn, als hätte er Kopfschmerzen. Und was er nun sagte, überraschte ihn selbst.

„Ich werde ihm die Wahrheit sagen."

„Was?" Francis wurde bleich. Augenblicklich unterbrach sie das Einräumen der Geschirrspülmaschine. „Aber, wir hatten abgemacht, dass er es nicht erfahren soll."

Ihre Stimme klang direkt verzweifelt, woraufhin sie Neal in den Arm nahm.

„Ich bin sein Vater. Und ich möchte, dass er das weiß und mich auch so behandelt."

Er ließ sie los. „Und dass ich mich anständig um ihn kümmere, bin ich ihm und auch dir längst schuldig." Vielleicht hatte er Tränen in den Augen, als er in das Wohnzimmer ging. Francis konnte sein Gesicht nicht sehen, doch sie ahnte, dass ihm die Situation schwer zu schaffen machte. Als sie die Küche aufgeräumt hatte, gesellte sie sich zum ihm.

„Ob das die richtige Lösung ist?"

Neal hob die Schulter an, aber er war sich seiner Entscheidung immer noch sicher.

„Wir sollten es probieren. Du hast selbst gesagt, dass wir nun reifer sind."

Francis nickte. In der Tat fühlte sie sich um einiges erwachsener, als vor vier Jahren. Es war viel passiert seitdem. Und es waren noch einige Fragen ungeklärt.

„Ich muss etwas wissen", nahm sie das Gespräch wieder auf. Und es lag in der Luft, dass ihr folgendes Thema unangenehm war. „Hast du noch diese Neigung zu Männern?“

Neal nickte still. Auch ihm schien dieses Thema nicht geheuer. „Ich werde es wohl nie ganz abstellen können“, gestand er. „Ich habe in London viel darüber nachgedacht. Es ist ein Teil von mir. Ich akzeptiere es – und wer mit mir zusammen sein will, muss es auch akzeptieren.“

„Hast du was Festes laufen?“, hakte Francis nach. Ihre Augen wurden immer größer. Neal verneinte jedoch. „Ich lass mich nach wie vor auf nichts Festes ein.“

Mit dieser Antwort gab sich Francis in Hinsicht auf Männer zufrieden. Sie hatte keine Probleme mehr damit, dass Neal diese Neigung hatte. Vielleicht fand sie es sogar reizvoll. Und was sie eigentlich wissen wollte, fragte sie jetzt: „Und mit Frauen?“

Unsicher verkrampften sich ihre Hände in ihrem Kleid und als Neal verschmitzt lächelte, hätte sie sich für ihre Frage ohrfeigen können. War doch klar, dass ein berühmter Sänger Frauengeschichten laufen hatte. Wie konnte sie bloß danach fragen?

Aber was er erwiderte, verschlug ihr fast die Sprache.

„Abgesehen von gestern, habe ich das letzte Mal vor vier Jahren mit einer Frau geschlafen.“

Er sah sie eindringlich an, so dass ihr Herz wild zu schlagen begann. Konnte das denn alles möglich sein?

„Und bei dir?“, wollte er wissen. „Bist du in festen Händen?“

Sie schüttelte hektisch den Kopf. „Nein.“ Irritiert sah sie zu Boden. „Hier und da hatte ich mal Bekanntschaften, aber die waren nicht so ...“

Sie verstummte. Sollte sie ihrem Bruder die Wahrheit sagen? Sollte sie ihm sagen, dass sie sich all die Jahre nur nach ihm gesehnt hatte? Dass sie jeden Mann, den sie kennen gelernt, mit Neal verglichen hatte? Sollte sie ihm sagen, dass kein anderer Mann in der Lage gewesen war, sie wirklich zu erregen?

Warum sprachen sie darüber? Wollten sie sicher gehen, dass keiner von ihnen gebunden war?

„Ich hole uns was zu trinken“, gab sie verstört von sich, um das Thema zu wechseln, aber als sie aufstehen wollte, spürte sie Neals Hand an ihrem Arm.

„Wir sollten aufhören, uns dagegen zu wehren.“ Er sagte nicht genau, was er damit meinte, doch für Francis war es offensichtlich. „Wir sind alt genug, um damit umgehen zu können – ohne dass es groß Aufsehen erregt, oder?“

Sie nickte, dabei war sie überrascht, dass ihr Bruder die Angelegenheit so offen ansprach. Noch vor wenigen Tagen war er in London gewesen, eine Rückkehr schien utopisch – und nun saß er hier auf ihrem Sofa, mit fiebrigen Augen, und sah sie verliebt an.

Der Wecker klingelte gegen acht. Die Antwort darauf lieferte Neal mit einem lauten Husten. Sein Hals schmerzte; er bekam kaum Luft, so dass er sich aufrichtete.

Francis, die ebenfalls wach geworden war, sah ihn kopfschüttelnd an.

„Nun bist du richtig krank.“ Ihre Hand fasste an seine Stirn, die vor Hitze regelrecht glühte. „Du hast Fieber.“

Neal zuckte mit den Schultern. „Das war mir der gestrige Abend wert.“

Er dachte schmunzelnd daran, wie sie die Flasche Wein zusammen geleert hatten. Schließlich hatten sie sich knutschend auf dem Sofa geräkelt, die Kleidung des anderen vom Körper gestrichen, und Francis hatte sich ohne Vorwarnung auf seinen erigierten Penis gesetzt, so dass es ihn fast um den Verstand gebracht hatte.

Richtig in Fahrt waren sie allerdings erst im Schlafzimmer gekommen. Neal hatte ihren Sex genossen. Er war wild und stürmisch – und auch leidenschaftlich. Intensiver als damals und um Längen erwachsener. Und noch immer konnte er nicht genau sagen, warum gerade sie derartige Empfindungen in ihm auslöste. Es war sicher nicht nur der Reiz des Verbotenen.

Vielleicht fühlte er sich bei ihr geborgen. Ein derartiges Empfinden konnte er bei seinen Männerbekanntschaften nie feststellen, und andere Frauen machten ihm mit ihrer

Weiblichkeit fast Angst.

Aber nun fühlte sich Neal wie ausgespuckt. Stöhnend griff er sich an den Kopf.

„Hast du Schmerztabletten da? Was zum Gurgeln?“

„Nur Aspirin.“ Francis kletterte aus dem Bett. Sie trug einzig und allein ihren Slip, was Neal sofort aufmerksam zu ihr hingucken ließ. Erneut fragte er sich, warum ihn andere Frauen nicht interessierten? Seine Schwester war die einzige, die in ihm Gefühle hervorrief.

„Ich gehe heute nur kurz in die Firma“, beschloss Francis. Sie war inzwischen angezogen und steuerte auf das Badezimmer zu. „Danach gehe ich in die Apotheke und komme sofort zurück.“

Neal blieb im Bett liegen. Er hörte wenig später noch die Tür zuschnappen, und dann schien er schon wieder einzuschlafen. Aber sein Schlaf war oberflächlich, so dass er sofort wahrnahm, dass sich die Schlafzimmertür wieder öffnete. Es war Nicholas, der neugierig auf das Bett sah.

Neal richtete sich sofort auf. „Hallo!“ Er versuchte zu lachen, was ihm in seinem Zustand deutlich schwer fiel.

„Bist du krank?“, hörte er Nicholas sagen.

„Ja.“ Neal räusperte sich. „Gut geht es mir nicht.“ Demonstrativ griff er nach den Taschentüchern. Dann strich er sich das verschwitzte Haar aus dem Gesicht. Nicholas’ Aufmerksamkeit war geweckt, und er schien Mitleid für Neal zu empfinden.

„Willst du meine Wärmflasche haben?“

Neal zögerte erst. Er war erstaunt, dass der kleine Junge plötzlich so gesprächig war.

„Wenn Francis zurück ist, dann nehme ich sie gerne“, gab er zu verstehen.

Nicholas kam näher. Sein kleines Gesicht sah noch immer nachdenklich aus.

„Wieso bist du in Mamis Bett?“

Neal schluckte. Auf so eine direkte Frage war er nicht vorbereitet gewesen. Doch er ließ sich seine Unsicherheit nicht anmerken, stattdessen klopfte er neben sich auf die Decke. „Wenn du dich zu mir setzt, dann erzähl ich dir alles.“

Francis staunte nicht schlecht, als sie nach Hause kam und ihren Sohn bei Neal im Bett vorfand. „Oh, habt ihr euch angefreundet?“

Ihr Bruder, der dabei war, sich anzuziehen, knöpfte sein Hemd zu und grinste verlegen.

„Er hat Bauklötze gestaunt, als ich ihm gesagt habe, dass ich sein Vater bin.“

Zufrieden sah er auf den kleinen Körper, der in dem großen Bett lag und schlief. Es war nicht einfach gewesen, Nicholas alles kindgerecht zu erklären. Als er dann aber von selbst feststellte, welche Ähnlichkeit ihn und Neal verband, war das Eis gebrochen.

„Aber Neal ...“ Francis sah weniger glücklich aus. „Wieso hast du das getan? Was ist, wenn er sich verplappert? Er kann das alles doch gar nicht richtig einordnen.“

Kopfschüttelnd sah sie in die Tasche, die sie bei sich trug, dann reichte sie ihrem Bruder die Medikamente. Dankbar nahm er sie an sich.

„Du unterschätzt unseren Sohn“, sagte er. Im Badezimmer mischte er sich eine Lösung, um zu Gurgeln. Er war sich bewusst, was für ein großes Geheimnis er vor Nicholas Preis gegeben hatte, und doch war er sich sicher, dass es der richtige Weg gewesen war. „Er wird lernen, es zu begreifen und wird sich der Situation anpassen.“

Zuversichtlich zwinkerte er seiner Schwester zu. Dabei fiel ihm erneut auf, wie hübsch und begehrenswert sie war.

„Der Makler hat angerufen“, berichtete er dann. „Ich möchte, dass du dir heute Nachmittag etwas mit mir ansiehst.“

Seine Schwester kam aus dem Staunen gar nicht mehr heraus, als am Nachmittag ein roter Porsche vor dem Haus hielt, und Neal ausstieg.

Auch Nicholas war dabei und lächelte vergnügt. „Darf ich mitfahren?“

„Klar!“ Neal strahlte über das ganze Gesicht. Die Medikamente hatten ihn inzwischen wieder gestärkt. Er strich seinem Sohn über das dunkle Haar, und diesmal zuckte

Nicholas nicht zurück.

„Du musst ja ordentlich Geld verdient haben in England", äußerte sich Francis schließlich.

Das war in der Tat so. Die beiden Alben und die zwei Tourneen der Drowners hatten Neal zu einem reichen Mann gemacht.

Mit einem kritischen Blick begutachtete sie den Sportwagen genau. „Wieso denn ausgerechnet ein Porsche?"

„Na ja." Neal seufzte. Ungewollt musste er an die Vergangenheit denken. „Ich wollte so einen Wagen schon immer haben." Er strich mit seinen Fingerkuppen über den glänzenden Lack. Dann drehte er sich um.

„Ich will euch aber was ganz anderes zeigen."

Sie fuhren nur ein paar Straßen weiter und bogen dann in eine der wohlhabenden Wohngegenden ein. Hier standen Villen und einige große Firmenhäuser. Neal stoppte vor einem Gebäude, dessen Garten ziemlich verwildert aussah, doch zwischen den Bäumen und Ästen, sah man schon Gärtner hantieren.

Das Haus war groß, wenn auch flach gebaut. Es hatte, inklusive Keller, drei Stockwerke, dazu Garage und einen großen Garten.

Sie stiegen aus, um das Grundstück zu betreten. Als sie um das Haus herum gingen, sahen sie auf eine große Terrasse und einen Pool. Nicholas lief sofort auf die große Rasenfläche zu.

„Im Keller könnte man ein kleines Tonstudio einrichten", erzählte Neal. Er war aufgeregt. Das sah Francis an seinen nervösen Fingern, die eine Zigarette anzündeten.

Er ging ein paar Schritte auf der Grasfläche. „Es gibt genug Zimmer. Die Lage ist ziemlich ruhig. Die Bäume lassen keine Sicht von außen zu – man ist im Garten quasi ungestört." Erwartungsvoll sah er seine Schwester an. „Was hältst du davon?"

Francis war ziemlich verblüfft. „Du willst es kaufen?"

Neal nickte entschlossen. „Das Angebot ist günstig."

Und da kam auch schon Nicholas auf sie zugelaufen.

„Hier kann man schön spielen“, krähte er.

„Genau.“ Neal zog noch einmal an seiner Zigarette, dann warf er sie auf den Boden. Und als wäre es das natürlichste der Welt, machte er seiner Schwester ein deutliches Angebot.

„Ihr könnt natürlich nicht zu mir ziehen, das wäre zu auffällig, aber ihr könntet mich oft besuchen. Wir könnten zusammen viel Spaß haben. Wir haben so viel nachzuholen.“

„Oh ja!“, rief Nicholas. Und nun musste auch Francis schmunzeln.

„Das hört sich verlockend an.“ Sie griff nach Neals Hand und drückte diese fest. In diesem Moment wurde Neal klar, dass die intensive Bindung zwischen ihnen ganz einfach Liebe war. „Wir können es ja mal versuchen.“

Zusammen gingen sie in das Haus, um sich die Zimmer anzusehen.

Auf der kleinen Treppe vor dem Haus, blieb Neal jedoch stehen. „Und eine gute Aussicht hat man hier ebenfalls.“

Lächelnd betrachtete er einen der Gärtner, der sich das T-Shirt ausgezogen hatte und dadurch einen Blick auf seinen braungebrannten, muskulösen Oberkörper freigab.

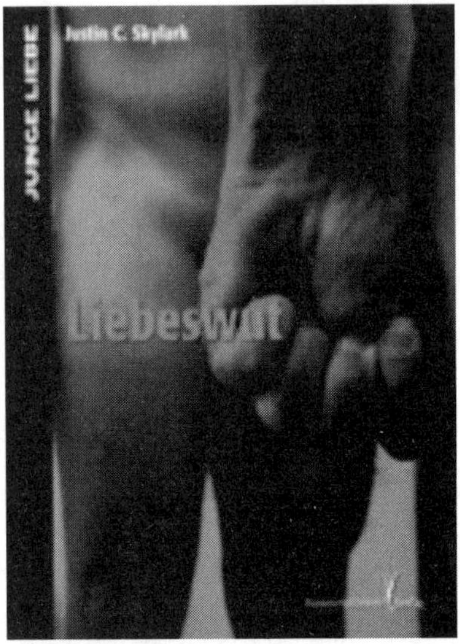

Justin Skylark

Liebeswut

Neal Anderson zieht mit seiner Familie nach Deutschland. Für den 16-jährigen Engländer wird die Integration an der neuen Schule zu einem regelrechten Spießrutenlauf. Das ändert sich erst, als er den Schülersprecher Dirk kennen lernt. Der ist bei allen sehr beliebt, und Neal kann nur Vorteile daraus ziehen.
Als sie schließlich eine schwule Beziehung miteinander eingehen, bemerkt Neal jedoch, dass Dirk auch dunkle Seiten mit sich trägt.
Er wird zur Zielscheibe von Dirks psychisch kranken Attacken, doch das merken er und seine Mitmenschen erst viel zu spät...

275 Seiten
ISBN 3-934825-39-7

Simon Rhys Beck
Queer – ganz normal verrückt

Ben versucht verzweifelt, sein Leben in den Griff zu bekommen, das völlig aus dem Ruder gelaufen ist.
Doch auch der Einzug in die betreute WG bringt nicht die erhoffte Besserung, denn die anderen Bewohner schleppen genauso viele Probleme mit sich herum wie Ben. Ben scheint das Chaos magisch anzuziehen. Die Situation droht erneut zu eskalieren – wäre da nicht Luka, der Typ aus der Parallelklasse. Luka ist anders. Er ist hübsch, smart und selbstbewusst. Erst durch die Gefühle, die er in Ben weckt, spürt der, was es heißt, zu leben. Aber auch der Weg, den Luka beschreitet, ist manchmal steinig.

176 Seiten
ISBN 3-934825-45-1

www.himmelstuermer.de

Peter Nathschläger

Es gibt keine Ufos über Montana

Zwei Halbwüchsige, deren Freundschaft in Helena, einer Kleinstadt im ländlichen Amerika, nicht gerne gesehen war, wurden durch boshafte Gerüchte getrennt. Verstoßen von seinen Eltern und von seinen Mitschülern geschnitten, flüchtet Robert Walden und taucht bei einem Onkel in New York unter. In den folgenden Jahren wird er nicht nur zu einem erfolgreichen Schriftsteller. 17 Jahre nach seiner Flucht kehrt er zurück. Während die Einwohner von Helena einem UFO Wahn erliegen, beweist die Zeit, dass sie Wunden heilen kann und die Liebe, dass sie immer einen Weg findet.

176 Seiten
ISBN 3-934825-50-8

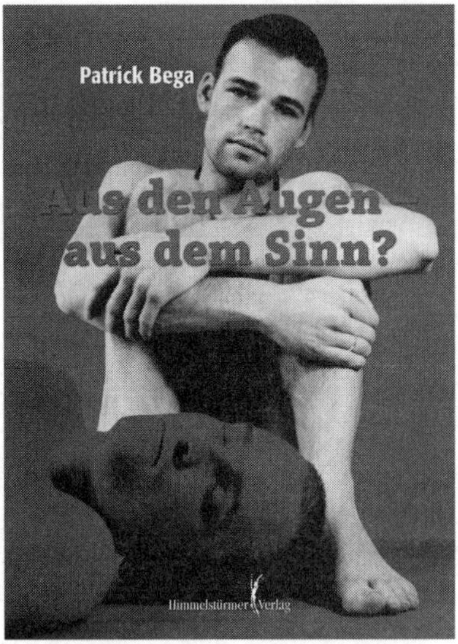

Patrick Bega

Aus den Augen –
Aus dem Sinn?

Christoph und Florian, beide Mitte Dreißig, sind seit vier Jahren ein Paar. Sie wohnen seit zwei Jahren zusammen, ihre Beziehung ist von weitgehender Harmonie geprägt, ernsthafte Krisen hat es bislang nicht gegeben. Sexuelle Treue spielt bei ihnen keine große Rolle, vielmehr gönnen sie sich gelegentliche Seitensprünge, was so lange erlaubt ist, wie es sich auf rein körperlicher Ebene abspielt. Aber das geht natürlich nicht gut! Eine spannende Beziehungskrise, wie sie wohl jedem passieren könnte. Humorvoll, einfühlsam und mitreißend geschrieben!

248 Seiten
ISBN 3-934825-53-2